剪紙少女翩翩

鄭若珣——著
張上祐——圖

名家推薦

陳安儀（閱讀寫作老師）：

因為參加「鎮海宮」舉辦的藝術市集，擅於剪紙的女主角翩翩，在攤位活動時，親自採訪了每一個攤位的藝術創造者。由這些年輕人口述自己投入藝術：雕葫蘆瓜、編草帽、做竹蕭、煉鋼刀……的故事與未來夢想，再經由翩翩的巧手，化為一張張美麗精緻的剪紙。也經由這幾日的剪紙歷程，翩翩在外婆的百寶盒裡終於參透了外婆與母親的祕密，也釐清了自己與母親的微妙感情。

這部小說娓娓道來的語氣裡，有一種溫柔的詩意；令閱讀者恍若身歷其境，隨著女主角靈活舞動的雙手，走入一張張栩栩如生的剪紙藝術，也走入台灣本土的濃濃人情味。故事情節緊湊具有可讀性，不刻意強調代溝衝突、傳統藝術沒落、城鄉差距……等現狀，但卻在隱約的暗示之中，鼓勵年輕人發揚傳統文化藝術。小說精采細膩、沒有絲毫八股說教的意味，令人激賞。

黃秋芳（作家）：

從「平面」與「單色」這兩個剪紙特質，做為小說旅程的起點，透過一個又一個生命故事的交疊與分享，引領出傳統工藝的各種姿形樣態，平面的剪紙，轉成豐富而立體的時空剪接；而剪影人生的低抑迂迴，如灰階暗色，生老病死，起浮失落，細膩而帶著無常消歇的幻滅與希望，純粹單色的揭露與靠近，透過理解與和解的層層上色，洋溢出復甦的生命活力和豐富多彩。

鄭淑華（國語日報總編輯）：

少女翩翩從小與經營紙藝店的外婆生活，耳濡目染學會剪紙手藝。多年後，重回舊地，因緣際會，在廟會市集展露手藝，還藉由剪紙故事觀看了七個少年的生命故事。

剪紙勾起了翩翩埋藏的記憶，少年們的生命經驗，也映照出她的生命課題，促使她面對自我，經過探索與觀照，記憶逐漸甦醒、清澈，年幼時看不清的事理，豁然體悟。豁然的體悟，化解了與母親的心結，也間接解開母親與過世外婆間的誤會。翩翩最後也剪出的自己的故事。

《剪紙少女翩翩》的情節鋪陳巧妙，字句中富有意境美感與畫面。故事中的少年們及少女翩翩，都是自我人生的剪紙人，只要認真面對生命，努力探索，期待的美麗圖案自會翩然躍出。

目錄

壹・開工大吉紙憶坊

一陣風將籃子裡一片一片的剪紙吹了滿天，差點把攤位的招牌也吹飛了。追著花，追著鳥，追著隨風亂走的剪紙娃娃，滿臉通紅的翩翩，終於把一片片的小剪紙撿了回來。

「哈哈哈，真是辛苦妳囉！」表姊看戲一樣的表情，真的好欠揍喔。

「都是妳啦，我就說要帶些壓紙的石頭。」翩翩跟表姊一起把撿回來的剪紙整理分類，放回原本的籃子裡。

「這些也是妳們的吧？」一個膚色黝黑、濃眉大眼的男生幫忙撿來了幾張窗花，叫翩翩覺得好尷尬。

「謝謝你，真是不好意思。」

「不會啦，我也是來擺攤的，只是我們的東西不會到處飛。我們有多帶了些木塊，給妳們壓紙用！」男生爽朗的笑一笑，留下幾個木塊就走向廣場對面的攤位去了。

鎮海宮的大廣場今年春節特別熱鬧，賣糖葫蘆、烤香腸、射玩具的攤子依然如舊，除了原有的攤商，今年鄉公所還特別借用廟前廣場辦起了「少年plus藝術市集」。十五歲以上，十八歲以下的青少年或青少女，可以免費申請年節期間的藝術市集擺攤，並可以帶著親友一起陪同。翩翩就是這樣臨時被表姊拖下海的。

「反正妳也是要回來呀，又沒什麼大事，就跟我去擺攤吧！賺到的錢一人一半！」表姊高亢又活潑的聲音從電話那端傳來。

「那，我只負責剪紙喔……」翩翩覺得自己實在不太擅長跟陌生人說話，更別說要招呼客人了。

「當然呀，就是讓妳來幫忙剪的，誰不知道妳剪得又快又美。我負責招呼客人！安啦！」沒有任何反悔的機會，表姊已經「咔！」的一聲，掛斷了電話。因此，從今天開始一連一個禮拜，翩翩和表姊的「紙憶坊」就在廟前廣場掛起了招牌。

紙，確實勾起了許多翩翩小時候的回憶。因為單親的緣故，翩翩小學前的時光是在外婆家度過的，外婆在小鄉下經營了一家紙藝店，靠著一把大尖剪刀和對紙藝的特殊天賦，以此維生，賺錢照顧一家大小。就像小鄉下兼營各種相關業務的雜貨店，紙藝店也接手各種與紙相關的需要，外婆不僅懂剪紙，還會做紙紮。不管是慶典裝飾、年節花燈或廟寺建醮都能幫得上忙，所以一年四季，婚喪喜慶，都可以看見外婆的身影在小紙藝店裡裡外外工作忙碌著。生意大忙該趕工時，阿姨們也都逃不過一起幫忙的命運，各有負責的雜務要做，只好把小娃兒一起帶到店裡照顧，於是桌上談笑的談笑，桌下打鬧的打鬧，熙熙攘攘，徹夜不休。

外婆的紙藝店，可說是孕育翩翩的搖籃，也是她的遊樂場。

翩翩從睡在吊籃裡，還是粉嫩嬰兒的時候，就被放在店頭的一角，給外婆邊工作邊看著。那時候阿姨們就常常把手中剪的小紙花丟給她，逗著她玩。到能爬的時候，翩翩就坐在縫製彩綢用的棉花堆裡，小手把棉花抓得四處飛散。要不然就老是抓著狗兒吉利的尾巴玩。有一天，她搖搖擺擺的，攀著半身高的紙摺金元寶船，第一次能自己站起來，讓店頭客人篤定的認為，翩翩將來一定有個滿載財富的幸福人生。

翩翩的身形漸漸拉高，但對紙藝店之外的世界，沒有太大的興趣，成天就央在外婆身邊，或是跟小狗吉利玩玩搔癢遊戲。一次媽媽從台北回來，一腳踏進店裡就聽見翩翩在玩扮家家酒的聲音。正高興女兒終於肯跟鄰居孩子玩起遊戲了，卻見一個紙紮人與女兒並肩而坐，女兒認真的用湯匙餵紙紮人吃飯，並用紙做出三牲當作配菜。聽說那一次讓媽媽終於忍不住跟外婆吵起來，並且下定決心要把翩翩帶回台北，遠離紙藝店的不良影響。

「哪有要緊？拎細漢時還不是在店裡跟紙紮人鬥陣吃飯，也沒安怎啊？」外婆越是這樣說，媽媽越是生氣。

要搬家到北部的前一晚，翩翩把最喜歡的剪紙娃娃收在餅乾寶盒裡，裡面有自己剪的小窗花、十二生肖小動物，再來就是外婆說故事時剪給孩子的小紙片，外婆剪的小紙片很精巧，都是隨手撿起桌旁、地上的剩紙隨手剪出來的。人物的五官動作生動又靈活，看起來栩栩如生。翩翩已經不太記得那些故事，倒是對剪紙的工法很熟悉，當翩翩四歲就剪出第一張剪紙的時候，獲得外婆與眾阿姨的一致讚賞，從此成為外婆身旁的小小幫手，剪剪花，剪剪草，到後來只要看一眼紙樣，就能剪出八九不離十的作品。

「送去念書多糟蹋呀，這麼巧的手藝。」外婆叨念歸叨念，還是讓媽媽把翩翩帶到北部念小學。到了北部之後，上課、補習、交友；生活中各種的事塞滿了時間，而童年的一切，也隨著繁忙的生活被裝進記憶的盒子裡收藏起來，逐漸淡去。

「翩翩別發呆了，再剪一些狗兒的剪紙備用吧！今年狗年，買狗的人一定多。」

表姊一聲呼喚，讓翩翩從多年前的回憶醒過來。沒想到，一直跟著自己的手藝還有能派上用場的一天。

翩翩拿起尖頭大剪刀，白鐵大剪沉甸甸的，好久沒有拿到這種剪刀了。

「姊，這把剪刀是外婆的吧？」

「哎呀，沒說也被妳識破，妳真可怕。」

「我借之前可是有擲筊的喔！叫外婆助我們生意大吉！人潮旺旺來！」

表姊從小就愛自己作主，什麼事都是先斬後奏，被外婆發現後少不了大腿打個幾鞭竹條。「猴死囡仔！」外婆的聲音，好像落在翩翩的耳後似的。

深吸一口氣，靜下心來，翩翩心中浮現了一隻奔跑的狗兒，狗兒邊跑腳下邊開出朵朵小花，正回頭的狗兒與花以一個倒春結合，翩翩先用剪刀剪出了外型，再用鏤空的方式剪出花朵與春，成了一隻春花狗兒。接下來，立著身體雙手拜年的恭喜狗、咬著元寶的來富狗，一隻隻從翩翩的剪刀旁落下桌子，隻隻姿態不同，精巧又可愛。

「嘿嘿，我就知道沒找錯人。」表姊對剛剪好的剪紙吹吹氣，把上面的碎屑順便拍乾淨。

「咦，這張狗頭是吉利吧？」表姊拿起一張土狗的頭像仔細端詳，狗兒張著大嘴吐舌，滿臉笑。

「不說妳也知道，妳好可怕。」翩翩冷回一句。

「忠犬吉利呀，你也要守護我們喔。」表姊對吉利的頭像雙手合十，一拜。

「卡哇伊～」

「哇！這裡有好漂亮的狗狗剪紙耶！卡哇伊～」像是被什麼召喚而來，一群年輕女生突然一窩蜂的出現，在陣陣「卡哇伊～」的呼喊聲中，狗兒剪紙幾乎就要見底了。表姊開開心心的招呼客人，滿臉笑。

翩翩默默的把「吉利」放在透明塑膠袋裡，再以五色彩線繫在招牌上，狗兒的笑容隨風轉著，「紙憶坊」開市了。

雕花春聯、鏤空窗花、狗年賀卡、造型書籤。剪紙依用途和大小做好了分類，每張作品仔細的配上蓋有「紙憶坊」三個字的襯紙，整整齊齊放在大大小小的竹籃子中，也都用石子壓好了。

「嗯……」表姊站在攤位前，手插腰看著攤位，若有所思。

「我覺得，我們應該要有些引起注意的主力商品比較好。」

「比如說？」

「比如這裡有大張的一個什麼。」

「那一個什麼是什麼？」

「我還沒想到嘛。」

翩翩與表姊並肩坐在攤位上，比起中午的忙亂，現在已經順手多了。暖陽高照的下午，沒有客人來的時候，真覺得有些昏昏欲睡。

「要不然，妳去繞一圈，看看別的攤位在做什麼，怎麼擺。我顧攤繼續想想。」表姊望向廣場其他攤位，瞇著眼睛說。

想起之前帶來木塊的男生，應該把木塊拿去還給他，順便道個謝才是。

「好吧，我去看看。」

鎮海宮的大廣場是小鄉下的公共活動中心，記得小時候每到過年，廣場前就擺著很多應景的小攤販。翩翩還記得以前跟表姊來廟前玩，看著畫糖伯伯竟然能只用一支鏟子，三兩下就在鐵盤上勾出一隻鳳凰，翩翩看著著了迷，沾著邊就離不開，直到夕陽西下廣場的人都要走光了，伯伯用最後一點糖畫了一隻小老虎送給她，翩翩才肯讓表姊拉回家。

這些年來傳統手藝的攤子少了，只剩下夜市常見的塑膠玩具攤販，到處看起來都是一個樣。陽光打在鎮海宮多彩的琉璃廟簷上，兩隻張牙舞爪的彩龍還是像從前一樣威武。翩翩模模糊糊的記得小時候有個人指著這兩隻龍給她看，那個人不是外婆也不是媽媽，究竟是誰呢？

「小心！」一道黑影擦過，差點撞上翩翩。

「哇，差點撞飛妳，妳看一下路啊，小姐！」一個高頭大馬的男生飛跳落地，一頭金髮在陽光下爆亮，手上抓著剛踩在腳下的滑板。

翩翩這才發現自己站在圍起來的滑板區正中央，周圍幾個男生以她為中心交叉繞著圈，身上穿著一式的T恤，背後都寫有「風之痕」幾個字。

「啊，對不起！」

翩翩快速的移到一旁，才發現「風之痕」也是這次藝術市集的攤位之一，他們的攤位上立著大大小小各式滑板，特別的是，滑板上還繪有色彩豔麗的彩繪圖騰。

「小姐看滑板嗎？要不要參加我們的花式滑板體驗？」剛剛那位金髮男生不知何時來到翩翩身後，身上的汗水味直撲而來。

「啊，不用了，我看一下就好。這些……都是你們畫的嗎？」

「大部分都是我brothers畫的。Beautiful, right?」

翩翩覺得這個男生講話有點外國口音，但看起來又不像外國人。

「曹right，來一下！」隊友遠遠的呼喚傳了過來。

「我忙一下，妳慢慢看吧。」金髮少年跳上滑板，速速滑向剛才那個滑板區，那兒圍了好多鄉裡的孩子在看滑板表演。

彩繪滑板一式排開，看起來真是威武，原來擺放的方式也能這樣影響感覺。翩翩邊走邊想著紙憶坊可以怎樣改變擺放的方法，耳邊一陣樂音吸引了她的注意力。

這首樂曲聽起來很優雅，卻又有點寂寥。樂器的聲音聽起來有點像直笛，但是比直笛的聲音低沉許多。翩翩感覺似乎是這種樂器的音質，帶出了的哀戚的氣氛。樂音攀著樂曲起伏，低沉的時候孤寂，高亢的時候悲憤。閉上眼睛，有如隨著一陣清風吹過竹林，穿梭在深深的山谷中。

對了，好像是竹。

一陣輕靈的笛聲突然出現，輕快的樂音鼓動著原本低沉的樂曲，像是在為沉鬱的低音加油打氣，漸漸的兩曲纏繞交融，彼此對應和鳴，在中間調收尾，同奏相同一小節以結束。

一曲吹罷，身邊響起一陣如雷的掌聲。

拿著竹簫的是一位蓄著山羊鬍的老者，拿著竹笛的是一位面目清秀的少年，兩人對觀眾深深一鞠躬，便回到後方的攤位去了。人群逐漸散去，翩翩才看清這個攤位的全貌。這個攤位擺設著各式各樣的竹製樂器，手掌般大小，刻有鳥兒形狀的鳥笛、利用竹片相互敲擊來發聲的響板、以長短控制音色高低的排笛、以小錘敲擊竹片產生不同音色的竹琴。而最為讓人側目的，是那十幾把依據長短陳列在竹架上的精美竹笛、竹蕭，彷彿還襯著剛才的美聲，真是所謂的餘音繞梁。

竹樂器中有需要練習和技巧才能吹奏的，也有很簡單就能親近的。翩翩試撥了一下用小竹片製成的拇指琴，少年抬頭看了翩翩一眼，對她微笑了一下，繼續回頭擦拭各式竹笛。在廣場上玩的小孩子跑過這裡一定會摸一把竹風鈴，叮叮噹噹的，少年也不以為意。

「我說放這裡好！」

「放那裡根本看不到，移左邊一點！」

「我看還是放回右邊那裡最順眼，右邊、右邊！」

旁邊的攤位響起兩造爭執的聲音，兩個女生插腰的姿勢一模一樣，想法卻總不能一致。她們指揮爬在攤位架子上的男孩一下左、一下右，微胖的男孩看起來滿臉大汗、氣喘吁吁。

「姊們！到底好了沒啊！掛個帽子掛一小時！」男孩終於爆炸了，三兩下跳下高架，抓了凳子抹著臉休息。

「好啦！好啦！這麼沒耐性，看我們編個草蓆要編多久。」兩個女生整理草蓆去了，剩下男孩自個兒以草帽搧著風。

一靠近這個攤位就聞到濃濃的草香，這個攤位擺設的是草編生活用品，除了高架上的各式草帽，桌上還有大小提籃、小花藍，都清一色用一種淡棕色的草莖編成，平面小件的則有鞋墊、杯墊，最前方則是用草編成的小動物：草蚱蜢、草兔、草公雞，一旁的紙牌寫著「藺草編織體驗」，更一旁的小桌上，一個女孩正在教兩個孩子編草蚱蜢。翩翩拿起一根放在那兒做為介紹範例的藺草，草莖呈正三角形，摸起來很堅韌。味道聞來舒爽清香，就像記憶中夏日鄉間常有的草蓆氣味。男孩休息夠了，又從貨包裡拿出一些草編坐墊，加入姊姊們的整理行列。

素草色的攤位旁，是一場豔麗的視覺饗宴。一匹一匹的花布立在攤位後方，桃紅色、草綠色、靛藍色、橙黃色，前方攤位上放置的是以這些花布製成的各種小包，跟據不同需要做了設計，如帶有口金的零錢包、帶著拉鍊的鉛筆包、兩面可用的手機包，筷子袋、筆袋還有花布面的書衣，攤位的側邊立了幾把花布傘。花布的配色使用，來自創作者自己的美感，這攤子常用相近的輔助色做搭配，剪裁的方式也讓俗豔的花布多了一點設計感。

攤位有兩個人，一個是瘦小的男生，一個是裁縫車前微胖的婦人。瘦小的男生眼睛細細的，正在用筆畫一些包包版型的草圖，手邊放著計算機敲得劈里啪啦響。與後面婦人使用縫紉機傳來一下起一下落的機械聲，相互唱和。翩翩猜他們應該是一對母子。

翻看了一旁用碎花布纏繞成的手環，翩翩想有空的時候，要找表姊一起來挑一只。

前方傳來敲打鐵器的聲音，兩位穿著原住民服飾的攤主，是一位青年與一位少年。

終於找到那個之前來幫忙的少年，翩翩趕緊向他打了招呼，

「你好，我是之前……你幫忙……」一開口卻不知道怎麼組織文字才好，「謝謝你的木塊！」翩翩把那少年拿來的木塊捧在手上還給他。

少年笑了，「小事情！不用介意！」

環顧他們的攤位，背後掛的是雕有圖形的木板，淺雕出族人日常的生活、三角形交錯的圖騰與頭像。桌上則用架子排放了滿桌的刀具，這些刀有的較大、有的較小，有的很長帶著彎度，青年正在用專注的為一把刀製作刀鞘。

「這是我舅舅，製刀技術一流！」少年為翩翩介紹，青年咧嘴一笑。

「我現在主要幫忙木雕的部分，製刀還在學，過程很不簡單喔。我幫妳介紹一下，這是平日的工作刀。」少年拿起一把蘿蔔形狀的短刀，讓翩翩細看。這裡的刀都是單面刀鞘，再用銅釘做固定。

「為什麼刀鞘是單面的呢？」翩翩問，這跟電視上古裝劇看到的刀劍不太一樣。

「因為台灣很潮溼，這樣使用完才容易乾。」少年回答。

注意到少年身上的族服，米白色的上衣，在靠手臂與袖口兩處有紅色的織紋。

「你們是不是那個電影演過的那一族。叫……」翩翩一時想不起來片名。

「賽德克巴萊。……哈哈，是啊，我們的銅門刀也很有名，長度是台灣各族中最長的。」少年指向桌上的長刀，刀長且彎，刀鞘的尾端翹起，看起來像魚的尾巴。

「這是打仗用的刀，也是獵首刀。」

翩翩直覺的後退一步，少年噗嗤笑了出來，「哈哈哈，小心妳的頭喔。」

此時又有一群遊客圍過來欣賞，見少年忙碌，翩翩就與他道別先行離開。

葫蘆燈籠亮起的時候，翩翩才發覺天色已經變暗了。

「唉呀！天已經這麼黑了?完蛋了！我又忘了時間！」想起表姊小時候拉著自己回家的凶相，翩翩瞬間頭皮發麻，該要三步併作兩步速速趕回去才好。她臨走前還是忍不住看了幾眼剛亮起來的燈籠。這個攤位製作的燈籠是以葫蘆挖空中心，再將葫蘆殼做鏤空的雕飾，光從中心透出來的時候，隨著光影勾勒出美麗的紋雕，甚是精巧。

翩翩心中正盤算怎麼跟表姊解釋，卻看見紙憶坊已經亮了燈，還多了好些人出來。

「唉呦！阿妹回來了！」一個大嗓門讓所有的人發出一陣轟然的歡迎聲，來的人是四姨、五姨和六姨。

見一旁表姊正大口吃著阿姨們帶來的肉圓和碗粿，翩翩心裡鬆了好大一口氣。

「快快快！趁熱吃！趁熱吃！」四姨嘴上催著，五姨已經把碗粿推到翩翩嘴前，六姨則伸手繼續幫大家拿出筷子。

「妳大姨二姨三姨在家忙煮飯跟店裡的事啦，我們先來探探班。」黑痣在眼下的五姨說。「就知道妳佩佩表姊肚子餓就會心情差。」黑痣在嘴角旁的六姨說。

「啊，妳們今天生意怎麼樣啊？」黑痣在鼻側的四姨說。

「嗯、還……」翩翩剛想開口回答。

「無要緊啦！」五姨說。

「歡喜就好！」四姨五姨六姨一起說。

這一串壯觀的阿姨們就是鄉裡著名的「紙藝七仙女」，正確來說應該是六仙女，因為媽媽後來為了念書跑去台北，既少回來也不喜歡紙藝相關的事。小時候翩翩其實認不太出來這些阿姨誰是誰，因為她們說起話來就像連珠炮，動作又一個接一個俐落得很，直到後來翩翩發現每個阿姨臉上都有一個分布在不同部位的黑痣，才能把她們區分開來。今天大年初二，一大串阿姨應是全回來了。

「結果妳看得怎麼樣？」表姊趁阿姨們自顧自的在聊天，挪過來邊吃邊討論。

「滑板、竹笛、草編、花布、刀、葫蘆雕，一共有六攤左右……」翩翩邊扳著指頭邊回想。

「NO～妳看。」表姊使了個眼色，叫翩翩往側邊看。

紙憶坊的旁側，有一個單獨一人的小攤位，默默的點著一盞桌燈。高瘦的攤主一身黑衣，燈光搖曳，從下往上打在他蒼白的臉上，更顯得詭異。翩翩倒吸了一口氣。

「他賣什麼呀？」

「好像是摺紙的樣子，我剛有去『路過』一下，滿精巧的。」表姊打了個飽嗝。

「嗯，我覺得每個攤位都有它一眼就讓人留下印象的特色，有的是聲音、有的是氣味，還有、還有，有的攤位會舉辦吸引人停下來的互動小活動。」

「互動小活動？」

「就是讓人可以很輕易的接觸我們在做的事，讓他們產生興趣。也許我們可以教客人剪一些簡單的小東西？」翩翩取了概念來解釋。

「這隻狗是吉利嗎？」後方阿姨們聊天的聲音突然大起來。

「阿妹啊！這隻吉利剪得有夠像！」四姨說。

「真正像！」六姨接著說。

「回去多剪幾隻給阿姨喔！」五

姨又說。

「好啦！」表姊有點心煩的大聲回答。

「如果我們來剪每個人記憶中想念的人事物，會不會讓客人比較有參與感？」翩翩想著應該用什麼題材來引起一般人的興趣。

「對啊，就像是以前外婆的故事剪紙。」

「故事剪紙？」

「妳不記得了嗎？外婆的故事剪紙啊。」表姊詫異的看著翩翩。

「真古錐呢！真懷念！」阿姨們的聲音又在背後響起來。

貳・承先啟後百相簿

剛搬到台北時，翩翩對新環境很不適應，台北的車多人多，每個人都急急忙忙的樣子，讓人感覺好緊張。因為媽媽不准翩翩自己騎腳踏車出門，所以每當媽媽又加班晚回家的時候，翩翩就常躲在自己的房間裡，玩起起餅乾盒子裡帶來的小紙片。用手電筒照著紙片，讓黃色的光和暗色的影子打在牆上，就像是外婆在紙藝店裡，就著昏黃搖曳的燈光講故事。後來翩翩在學校有了新的朋友，剪紙娃娃也被洋娃娃替換，電視上的卡通和手邊的漫畫取代了外婆的那些故事，翩翩已經好久沒有再打開她的餅乾盒子了。

「七妹今年又加班喔？」大姨說。

「翩翩啊，妳媽媽幾號才要回來？」二姨說。

「嗯……」翩翩猶豫的想。

「沒關係，再多吃一點喔！」三姨四姨說。

「來、來、來。」五姨六姨一起說。

藝術市集從下午三點到晚間九點，因此這幾天的晚餐因為擺攤的緣故而延後不少；但餐點的陣仗卻不因為時段而短缺，每個阿姨都使出渾身解數做了幾道各自的拿手好菜。光是每樣夾一點就堆了一大碗公，翩翩吃飯吃得慢，好不容易把飯扒完，眼前又被各方筷子夾來的水果，堆了一堆水果山。

「吃飽！睡飽！人生好！」阿姨們收拾碗筷的收拾碗筷，洗碗的洗碗，有的就向客廳移動去了。吃完飯一群人轉戰客廳聊天，是紙藝店常見的風景，大家圍坐在堆滿紙材的店面中，勉強擠出的一個小空間裡，天南地北、嘻嘻哈哈的談笑。翩翩注意到角落的一張老舊的嬰兒吊籃，自己小時候應該就是睡在這張吊籃裡，聽著大人喧譁的聊天聲入睡的吧？這幾年紙藝店的生意不如以往，一方面阿姨們的孩子也大了，各有發展。一方面鄉裡需要傳統紙藝的人也越來越少了，放在店頭的紙材灰撲撲的，有些都被蠹蟲蛀了洞。

「這裡啦，終於找到了！」表姊的頭上沾著蜘蛛網，手上拿著一本大紅本子。

大紅本子「砰！」的一聲往桌上一放，揚起了一陣灰塵。

表姊隨手抓了塊布，把紅本子抹了抹又拍了拍。

「妳真的不記得了？這就是外婆的百相簿啊！」

外婆身後沒有留下太多東西，一個「百寶盒」、一本「百相簿」。「百寶盒」就是現在被放在祖先牌位前，專門裝紙藝用刀剪的鐵盒子，「百相簿」就是表姊手上這本，夾著外婆剪紙紙樣的本子。

外婆習慣把滿意的紙樣保存在相簿裡，等到又需要相關的人物和題材時，再拿出來參考，久而久之，就集成了一大冊。

「哇，原來外婆的剪紙，通通收在這裡喔！」翩翩不禁大聲叫出來，這一叫吸引了阿姨們的注意。

「這是阿母的剪紙簿啊！」大姨說。

「妳們哪裡找到的？」二姨說。

「我們小時候都看這個學，」三姨說。

「小時候生意多忙！剪錯還被阿母罵。」四姨說。

翩翩與表姊翻開一頁一頁的相簿，黑底上的紅紙因為塑膠壓面的封存保存得很完整，也沒有太多的褪色。一開始的造型很簡單，先是

春

花草、小動物，後來開始出現小娃娃等人物造型，再後來動物與花草、人物與動物的複合圖形開始出現，到最後則是人物群像、神仙故事，圖像構造越來越複雜，剪法也越來越多變，陰刻法與陽刻法相互搭配、畫面構造從對稱到不對稱，物件造型從抽象到繁複，叫人目不暇給、眼花撩亂。

外婆真的好厲害喔，翩翩不由得心中驚嘆。

「啊，這裡開始就是故事剪紙了。」表姊指著其中一張。

「我記得外婆邊說著『老鼠娶親』的故事，邊剪了這一張。這隻老鼠斷了尾巴，就是翩翩妳伸手抓的呀！」表姊的手指，指著剪紙中的一隻斷尾老鼠說。

「我？」翩翩完全不記得有這件事。

「妳那時候很小啦，還咬奶嘴吧?手亂抓亂抓的。」

看著故事剪紙，翩翩模糊的想起外婆與孩子圍在一起的景象，卻想不起那些剪紙造型是在何時使用，說的是什麼內容。

「這個手上拿著兩根朝天掃把的是誰？」

「掃晴娘啊，遇到下雨天把天空掃一掃，天空就變晴了的女人。」表姊答。

「這麼方便喔。」

「是喔。」

「這張有高塔又有水，兩個男生、兩個女生的呢？」

「外婆說，是那個壞和尚阻止這兩個有情人在一起，後來就被大水淹死了。」

是這樣嗎？聽起來有點怪怪的。

「那這個就是《西遊記》了吧？」這張剪紙有個騎馬的和尚，有一隻豬跟一隻猴子，後面還跟著一個妖怪。

「嗯，《西遊記》的故事橋段很多喔，講也講不完，取個經走超久。」

「我覺得那和尚有點虐待動物，而且叫妖怪殺妖怪好殘忍喔！他自己只會每天在那碎碎念。」翩翩說出了真心話。

「哈哈哈！原來妳是這樣想喔，難怪小時候每死一隻妖怪妳就哭一次。」

「我有嗎？不記得了。」

「我記得，妖怪被殺死的時候，大家都是哇的一聲歡呼，妳是哇的一聲大哭。」表姊說的過往好像漸漸浮現在翩翩的腦海中。

「以前外婆會邊剪紙邊說這些故事，中間還會加一些自己編的段落。」

「妳怎麼知道？」

「因為同一個故事每次聽都不一樣啊，大概也是外婆自己隨興編的吧。而且直到我上學的時候，才發現在書上看見的版本更不一樣。」

「反正哥哥姊姊、鄰居小孩都喜歡聽，說了一次又一次總也聽不夠。」表姊不在意的說。

「啊，我想起來了，我的餅乾盒子裡也有一些小紙片。」翩翩想起好久沒打開的餅乾盒子，是被自己收到哪裡去了呢？一張又一張的剪紙，就像是一個又一個故事的鑰匙，只是裝滿故事的寶盒，已經不在了。

表姊繼續翻頁，來到相簿後頁，壓著一些樸拙的小剪紙。所用的紙也不是太正式，日曆紙、包裝用紙，或是邊邊角角的廢紙。有一頁壓著七張小剪紙，每張的右下角都寫了一個小字。

「唉呦！阿母竟然還把這些留下來。」六姨說。

「來看喔，大家！」五姨說。

「這應該是『第一張』喔。」大姨說。

「什麼第一張？」表姊問。

「每個人小時候剪的第一張剪紙。」二姨說。

「這些小字是我們每個人名字的最後一個字啦。」四姨說。

那寫有「織」的這張不就是媽媽剪的嗎？翩翩專注的看著那張展翅的喜鵲。原來媽媽小時候也跟阿姨們一起剪過紙啊？

一翻頁，又是各種動物花草形狀的小剪紙。紙張下方的小字，應該就是表哥表姊們的名字了。翩翩瀏覽著這些樸拙又童趣的剪紙，覺得每一張都好可愛。突然間，一隻姿態活潑的小狗吸引了翩翩的注意，這張剪紙硬是比別張好看。

「翩翩啊！這隻是妳剪的啦！真正是生動精巧又美麗。」大姨說。

「真正是奇葩！」二姨說。

「啊！哈哈哈哈哈！」

「妳佩佩表姊的第一張剪紙是一枝香腸。」六姨說。

「哪有人剪紙剪香腸啦～」五姨說。

「這才是真正的奇葩！」阿姨們一起說。

「妳們回去聊自己的天啦！」表姊脹紅著臉，一聲怒吼把大人們趕回客廳中間，氣噗噗的帶著百相簿把翩翩拉回房間，門「砰」的一聲關起來。

翩翩打開本子繼續研究剛才的故事剪紙，每一幅的畫面都各有奇巧，在構圖與造型上相互呼應，足以感受到創作者的用心。

表姊細細端詳這些畫面大張又複雜的故事剪紙後說：

「翩翩啊，我覺得妳可以走這個路線。」

「就這麼決定了！」表姊眼中開始熊熊發光，

「而且，我要讓妳的紙藝再創奇蹟！」表姊看起來連背後都射出了七彩金光。

做為鄉裡主要的公共活動場地，在一般的日子中，鎮海宮的廣場每段時間都被不同的團體妥善利用，清晨六點菜販與地方小農就一定準時在這兒擺早市，提供新鮮美味的四季蔬果，讓婆婆媽媽盡情的挑選與忘情的殺價。近中午時，廟前固定的店家拉開大門開始營業，提供剛下工的勞動者填補空腹、滋養強健的身體。傍晚時間則不知從何處竄出目標鎖定孩子的移動式攤販，香噴噴的烤香腸、剛出爐的包子饅頭，以香味勾引孩子向口袋探摸零用錢的手。而晚餐時段之後，則是廣場宮廟少年們練習家將陣頭的時間。

鎮海宮的陣頭活動在鄉里行之有年，家將多由鄉內的國中生與高中生組成，平日幫忙宮廟事務，因此下課沒事時，多半都會來到宮廟及廣場走動。這次廣場首度舉辦的「少年plus藝術市集」也吸引了他們的注意，到處可以看見宮廟少年三三兩兩的在市集裡穿梭，東摸摸、西看看。

今日翩翩她們兩點半就來到廣場，準備擺攤前的商品整理的時候，發現廣場中央正在架設一個活動舞台。宮廟少年們穿著鎮海宮的汗衫，身手俐落的幫忙搬運鋼架與帆布。

「奇怪，沒聽說有什麼其他活動啊，難道有什麼團體要來？」

兩人正疑惑著，就聽見麥克風的聲音從中央舞台那方傳過來。

「各位藝術市集的攤主請過來中間集合一下，鄉公所有事要宣布給大家……」鄉公所福伯的聲音隨著刺耳的麥克風響起，長得像彌勒佛的福伯，是這次活動的承辦人。

「我去聽一下。」話沒說畢，表姊已經一個箭步往舞台方向衝了過去。

翩翩遠遠看見之前那幾個攤位的少年也逐漸往中央移動，想著是不是還有機會再去他們的攤子好好看一下，這幾天忙，時間一下子就過了。

昨天看過外婆的百相簿以後，表姊口中所說的「外婆剪紙說故事」的場景，好像漸漸的在腦中復甦過來，外婆邊說邊比劃的手部動作、孩子們一起大笑的聲音，吉利在旁邊竄來竄去，毛茸茸的尾巴，都歷歷在目。我真的能夠像外婆那樣，剪出複雜又生動的美麗畫面嗎？

翩翩邊想，邊剪出了一個向天空伸著雙手，開懷大笑的彌勒佛，樣子和身型就像前面正在講話的福伯，不知不覺在彌勒佛的手上多剪出了一個麥克風。這是一位在唱卡拉OK的彌勒佛。

表姊帶著小跑步匆匆回來，隨即又要出去。

「翩翩妳顧一下攤位，我有事要去忙。盡快回來～」

「好。」

廣場的風吹著，白雲在湛藍的天空緩緩浮動，掛在招牌旁的「吉利」又隨風轉動起來。翩翩正看著廟簷上兩條龍發呆，突然一疊影印紙「啪！」的一聲落在手邊。上面寫道：

你有常常懷念的人事物嗎？你有精采的故事想跟人分享嗎？你有壓在心裡深深的祕密找不到人訴說嗎？且讓剪花娘子為你剪出心

底話，來參加紙憶坊的「剪聊時光」剪紙活動，得到你自己的故事剪紙，等你喔～啾咪～

拿起剛印好的小張文宣，翩翩整個心涼了一半。

「姊，這個宣傳文字……看起來怪怪的……」

「哪裡怪？我可是參考廣播跟電線桿上的小廣告，最普遍的流行句型，哪有怪？」

「剪花娘子是誰？」

「妳啊。」

翩翩覺得自己的臉上已經不止三條線了。

「剛剛福伯說，鄉公所臨時希望我們規劃一下主題活動，來炒熱氣氛。我昨天不是說我有想法嗎？結合一下，剛好就是這樣。妳看，這樣用大張的兩張紙夾在一起，剪出一式兩件的作品。一張送給來參加的人做紀念，留下另一張，可以放在我們自己的店頭增加吸引力。妳可以學外婆剪紙，畫面取材自別人的回憶，妳只要邊聽故事，邊剪出一個故事概念圖之類的就好了，就把它們叫做剪聊時光的『故事剪紙』吧。」表姊連珠炮似的把原委一次說明，完全不留下給任何人插嘴的機會。

「我最不會跟人聊天了，如果我跟客人都無言怎麼辦？」翩翩心裡覺得有點虛也有點焦慮。

「安啦！安啦！我給妳準備個錦囊妙袋。

「而且呢，我已經幫妳邀請了每個攤位的攤主，請他們有空時就來，從明天開始喔！」

「妳說什麼！」翩翩不禁喊出來。

表姊在陽光下閃耀的燦爛笑容，看起來依舊那麼欠揍。

兩年前外婆過世得很突然，沒有留下隻字片語就安詳的睡去。阿姨們以自己的手藝為她張羅了後事，鄉裡來憑弔的人，排的隊伍長到看不見盡頭。因為婚喪喜慶與外婆結緣認識的鄉人，超過了小鄉鎮的半數人口。翩翩與表姊在門外的棚下摺紙蓮花，看著男女老少進進出出，眼角無不噙著淚水離開，才知道每天在店裡忙碌的外婆，認識的人有這麼多。到後來，幫忙摺紙蓮花這件事成為來者的共同事項，直到紙花淹沒了半間紙藝店，大姨出聲制止為止。鄉里憨直鄉人說不出的懷念，開成了滿室朵朵紙花。

外婆的愛狗吉利從外婆過世當晚就不再吃東西了，悽悽然的蜷臥在客廳一角，對誰的叫喚都沒有反應。不進食的身子越來越虛弱，任誰也看得不忍心。頭七那天吉利突然精神起來，對著門口搖了搖尾，然後就昏死過去了。阿姨們將吉利的骨灰埋在外婆的墓碑一旁，去掃墓時，也順便帶些狗零食去看牠。「忠犬吉利」的故事，便成了鄉裡茶餘飯後的話題。

「喔！終於可以睡覺了！沒想到擺個攤這麼忙，這麼多事要顧。」剛洗完澡的表姊，一頭鑽進上鋪床的被窩裡。

「對了，妳先看一下這張。括號裡是我的註解方便讓妳認人。」表姊的手從上鋪垂下來，手上有一張寫著舞台主題活動的表格。

翩翩接來一看，上面寫了舞台主題活動的時間，攤位名與攤位負責人。

「今天福伯說明完後，就直接跟大家敲了主題活動的時間，我們的『剪聊時光』每天各兩場，下午三點一場，晚上七點一場。」

「喔，我看到了。」

「對了，」表姊閉著眼睛的臉從上鋪垂下來。

「今天跟攤位的人小聊，好像有幾個人說商品有少的樣子，叫大家彼此幫忙留意一下。」

「有小偷？」

「不是很確定。」

「我受不了了～先睡了喔。」表姊的聲音越來越小，過沒五分鐘，就傳出了陣陣鼾聲。

●雕壺小技　李福生（頭常低低的）

●好藺一掛　鍾漢祥（一直一直在說話）

●竹響　韓青岳（好有氣質～啾咪）

●山鐵　呂台生（借我們木塊的那個好人）

●風之痕　曹國展（高高的帥哥曹right）

●花燦　藍一碼（眼睛嘴巴都細細的）

●摺次方　張果（陰陽怪氣那個人）

看著攤位名與攤位負責人的部分，腦中晃過那天逛攤位時看見的攤主，翩翩不由得又開始緊張起來，緊張歸緊張，眼皮子還是疲倦的闔上了。一閉眼，翩翩即刻進入了夢鄉。

夢之一

我被一雙又大又厚的手抱著，被這雙手抱著感覺好溫暖喔。我被抱進了一個昏黃燈光的小房子，房子裡有很多紙張的氣味。門打開了，有六個姊姊很開心的跑來抱我、搔我的癢，有一個媽媽看起來很和藹，我被抱起來給一個吊籃中的小女孩看，小女孩好小喔。媽媽在跟一個男人說再見，那個男人就是抱著我來這裡的人嗎？

參・剪花娘子來駕到

風和日麗的下午，有三條人影坐在活動區的中央，正確來說，是一位身著閩南傳統服飾的少女，以及立在一旁的兩仙紙紮童男童女。翩翩上衣穿的是一件深藍色大袖的開襟外掛，套袖圍了一圈淺湖水綠的繡花，下半身則是一襲紅黑相間的百褶裙。左右兩束馬尾不僅被編成了辮子，還盤成兩盤髮球，每球飾以兩圈桃紅色的小花環。眉心被點上一顆紅痣，鬢角的髮絲用髮膠造成了兩個勾，在翩翩拚死的抵抗下，才逃過了阿姨們想畫在她臉上，深具歌仔戲舞台效果的濃眉與眼妝。

翩翩覺得兩頰發熱，整個臉比塗了腮紅還紅。不僅如此，她還覺得腦袋有點暈，精神有點恍惚，身體輕飄飄的好像自己不在現場一樣。想起昨天做了一堆怪夢，根本不覺得有睡夠。

「就古錐！看這裡！」大姨拿著手機對準了翩翩。

「阿妹啊，笑一個嘛！」，「甜粿甜不甜！」

身邊蜂擁而上的那一串阿姨，迅速擺好了pose，一起大聲說「甜！」

這麼華麗的擺飾和這麼大陣仗的隊伍，還真是引起了廣場遊人的一陣側目。

「看阿姨手藝多好，哪需要什麼人型立牌。」

「真正是寶刀未老、寶刀未老。」

昨天晚上阿姨們一聽到需要做活動擺設，今早立刻決定用紙藝店現有的素材，打造出充滿紙藝店審美風格的背板與裝飾。金色、銀色、桃紅色是絕對不可缺少的基本用色，先以竹編做支架結構，再以紙面封起，繪以墨彩的花鳥人物。中間再加一個走馬燈裝置，以顧慮晚上，天暗下來時的吸睛需要，如果還是太暗，一個按鈕就可以開啟「剪聊時光」四個大字的七彩霓虹燈光邊條。只能說，一切準備周全。

「請問，現在可以參加活動嗎？我請爸爸顧了攤子，趁人少的時候先過來。」說話的少年右腿裝了金屬支架，一路走來的步伐有點跛。

「當然可以，請上座。」表姊將椅擺好在翩翩的正對面，扶著他坐了下來。

表姊阿姨們紛紛退下回到紙憶坊去顧攤，台上只留下了這位少年與剪花娘子。少年看起來有點靦腆，兩人對看沉默了莫約十秒，翩翩才想到應該打個招呼。

「你好，請問你是？」

「妳好，我是『雕壺小技』的李福生。」原來他就是上回來不及看到的那攤，葫蘆雕攤位的人。

翩翩注意到他的脖子上掛著一個小葫蘆，想起那天晚上看見的葫蘆燈籠，忍不住誇讚：「我有看見你們的葫蘆燈籠～雕工好精巧！」

「啊，謝謝。」李福生低下頭，看來有點不好意思。

這個人看起來跟自己一樣，不太會主動說話。翩翩心裡盤算話題要怎麼繼續下去。

「好吧，我們來抽問題籤，這個袋子裡有許多籤紙，每張籤紙上都有一個不同的問題，我們就來聊聊那個抽到的問題。」翩翩拿出了表姊準備的錦囊妙袋，請少年抽出一籤。

一卷籤紙展開，上面用毛筆寫了「起落」兩個字，這是啥問題？

李福生與翩翩都張大了眼。

「嗯……那就來聊聊你為什麼會開始做葫蘆雕吧……。」翩翩趕緊靈機應變想了個方向。

「喔，好啊，那是一個充滿懷念的故事。」

〔第一剪　瓜瓞綿綿葫雕巧〕

我來自一個務農的村莊，是一個不知名的小村落，雖然小，卻是我充滿回憶的家鄉。我們的村落前有河，後有山，位在一處山腳下。少量但自給自足的農作，讓村人們過著與世無爭的生活。

我還記得小時候與母親和一大群家族親戚、左右鄰居，一同協助別的農家採收農作的情景。我記得夏日河水豐沛的時候，我和鄰居孩子一同去河邊釣魚抓蝦，冰涼的河水灑在滾熱的大石上，從潺潺河水的水面反射的陽光，亮得讓人張不開眼。

常常來我們家幫忙做農的村人中，有一位小姊姊對我特別好。每當她家有城市的親戚回來，送的一些小小禮物，她都會帶來與我一起分享。那些特殊的小糖果、精美的鉛筆盒、閃亮的印刷書籤，都讓人想像著使用它們的城市人，過著什麼樣的生活。小姊姊常常對我說，「我長大要去城市工作賺錢，幫媽媽蓋一棟漂亮的房子。」

有一回農忙結束，母親讓我跟小姊姊一起背著一籃子水果和甘薯回家，我們一同走了好遠的路，才到了小姊姊靠近河邊的家，那是一棟用鐵皮屋蓋的小倉庫。鐵皮屋裡面黑漆漆的，屋外有滿地的空酒瓶，我聞到很重的酒味。鐵皮屋的外面有一個用磚堆起來的小爐灶，乾的木材堆和一個燒得黑黑的鐵鍋。我看著帶著笑容跟我說再見的小姊姊，我的心卻笑不出來。

那年夏天的颱風很多也很大，那一天夜晚，窗外風雨的聲音像在呼喊狂嘯，水一直從門縫下湧進來。我和爸媽不斷的用勺子將水舀出去，水還是淹得越來越高。爸爸覺得應該要告訴鄰居趕快往高處走，就帶著我們一同挨家挨戶去敲門。有一些人願意跟我們走，有一些人還想要再看看狀況，但是風雨越來越大了。

暴雨中的山路非常難走，我在一個山溝的地方不小心滑了一跤，摔了下去。那時候我只感覺右腳一陣劇痛，爸爸和鄰居們把我拉了上來，背著我繼續往前走。當我們走到半山腰的時候，突然聽見兩聲巨響，山崩了。每個人都驚訝得說不出話來，只能找到最近的農寮避雨。爸爸、媽媽、我和幾位鄰居共十幾個人，在風雨中等待了三天，只能用少量的乾糧果腹。媽媽用雨水煮了薑讓大家暖身，傷口發炎的我，裹在布袋裡昏昏沉沉的一直在發燒。救難隊終於來了，人生第一次坐直升機，卻看不見我熟悉的景物，我的家鄉已經深埋在一片黃土中。

我很幸運的沒有失去父母，重建區這裡的孩子多少都失去了親人。後來重建區開始有一些工作坊課程，幫助災民發展技能，重新生活。我決定鑽研葫蘆雕刻，即使腳不方便也有能做的事。

雕刻葫蘆需要專注的精神與冗長的時間，雕刻的時候我常常想起那些鄰居孩子的笑臉，我也常常想起那位小姊姊，她夢想始終沒能實現，她來不及長大，來不及有力氣離開那個不舒適卻充滿牽絆的家，來不及度過她想望的人生，無論她的人生是好還是壞。我只是因為一點幸運，而能繼續存活。

第一盞葫蘆雕燈籠研發成功那天，我和父親母親回到昔日我們的家鄉，我們站在一大片無盡的泥沙前，舊日的巷弄與街角，舊日歡笑的聲音，都已封存在深深的砂土中。我將那盞葫蘆燈放在地上，點上其中的蠟燭，暖黃的光透過鏤空的雕刻投射在那片沙土上，就像開了一朵金黃色的花。

李福生說完，才發現翩翩邊剪邊掉淚，眼睛已經腫得有點張不開了。

「啊，妳還好吧。」少年拿出面紙，遞給滿臉淚水的少女。

「我不知道你有這麼悲傷的經歷，很抱歉。」滿臉淚水的少女說。

「都過去了。而且，人生總是要往前的。喔？妳剪好了？」少年注意到完成的剪紙，驚嘆的看著。

這張剪紙的外型是一個葫蘆的形狀，葫蘆內部是少年與鄰居孩子在村莊裡的回憶，少年與大家一同在田裡工作、一同在溪間嬉戲的景象。右下方，是一位少年專心的在做雕刻。左上方則是一位穿著農裝的少女，正溫柔的微笑，俯看著少年。

從葫蘆口生出的，是一朵朵如煙火綻放的花朵，每朵花都長著細長捲曲的花瓣，花瓣間散著放射狀的花蕊。翩翩指著那些從葫蘆口蔓生到天際的花說道，「這是彼岸花，又稱曼珠沙華，代表無盡的思念。希望它能把你的心意傳達給那一邊的人知道。」

少年注視著花朵好一會兒，取下了掛在脖子上的小葫蘆項鍊。

「謝謝妳，這個小葫蘆項鍊送給妳，可以用來裝妳隨身需要的藥品，現在裝的是薄荷，我拿來紓緩焦慮與頭痛。」

「謝謝，我正需要呢。」翩翩充滿感謝的收下小禮，看著少年拿著剪紙緩步走回攤位，心想如果不是聽了他親口述說，誰能知道他經歷過這種磨練？

回到紙憶坊，翩翩看起來若有所思。

「剪聊時光好聊嗎？有沒有順利？」表姊正在算著今天的收入，跟商品的數量做比對。一天的開始和結束，都必須這樣算一次，帳才

不會亂掉。

「沒有不順利啦，除了妳那奇怪的籤。」翩翩趴倒在桌面上，一放鬆下來就覺得整個人都好累。

「姊，外婆常收到過世的消息吧。」

「當然啊，喪葬的紙藝品也是店裡的營業項目之一。」

那麼，如果收到的，是心愛的人過世的消息呢？

聽完剛剛的故事後，翩翩的心裡一直沉甸甸的。她想著如果自己處身於那種情況，會有什麼感受。如果有一天，總是在身邊的親人突然一夕之間消失，自己要怎麼生活下去？翩翩想到跟自己相依為命的媽媽，每天都生活在同一個空間，卻常常沒有什麼時間可以說話。

每當媽媽晚上加班回來的時候，翩翩也很想把今天在學校一天的生活分享給媽媽，告訴媽媽今天學校又發生了什麼趣事。但是看到媽媽一張臉疲累的表情，就覺得很不忍心，不如讓媽媽早點休息。久而久之，自己也就越來越少主動告訴媽媽在學校和同學發生的事了。

是不是因為這樣，漸漸的，自己也把很多想法跟感覺收在心裡，忘了怎麼告訴媽媽呢？翩翩細細回想，上一次把自己的感覺告訴媽媽是在什麼時候？好像是幾個月前。

那一天是學校校慶，翩翩在前一天晚上已經先跟媽媽說過，提早放學的下午，要跟同學一起去逛街，吃完晚餐之後才會回家。那天早上睡晚了，翩翩急著出門忘了帶手機去學校。跟著同學去玩了一個下午，東區的大書店很大，一看就可以看很久，一下子就天黑了。跟同學吃完晚餐，翩翩慢慢散步回家，遠遠看見家裡的燈是亮的，媽媽站在樓下開著的門旁邊，等翩翩回家。

「為什麼沒有帶手機？也不打個電話聯絡。」媽媽一看到翩翩就生氣的問。

後來翩翩才知道，媽媽那天準時下班回家，還特別繞到學校想去接翩翩下課。後來因為手機一直不能打通，只好一直等在家裡。媽媽忘了翩翩跟她說過，下午要晚回來的事。

那天翩翩覺得很委屈，也跟著生氣起來。回了媽媽一句：「跟妳說的事妳都沒有在聽，妳不記得我的校慶，我也可以不記得我的手機。」然後就回到自己的房間裡，不想出來了。

她現在想一想，這樣的回答有「告訴」媽媽什麼嗎？為什麼當時會這麼生氣。媽媽應該也只是擔心她的安全吧。翩翩慢慢的想著，真正生氣的原因，是因為自己說的事沒有被媽媽認真的聽進去，而覺得自己不被重視。但是如果媽媽真的不在意，也不會因為聯絡不到翩翩而那麼生氣了。

「媽媽是很擔心我，才會那樣生氣的。我也是因為覺得被媽媽誤會，而生氣的。雖然都在生氣，但都是因為在意對方而生氣。生氣的背後是彼此的關心。」翩翩想。

聽了李福生的故事後，翩翩突然覺得這種關心好珍貴，而且，我們都太習慣了，而忘記這種關心不會一直都存在。下次一定要告訴媽媽，謝謝她的關心。也要告訴媽媽，她真的好珍惜可以跟媽媽一起吃晚餐、一起聊聊天的時間。

*****

晚上七點左右，戴著草帽的少年來了，他是「好蘭一掛」的鍾漢祥。來自遙遠的城鎮，一個充滿草香的城鎮。而他的手藝，則是成長在植滿蘭草的城鎮所獲贈的禮物。

「你好，想先抽一個問題籤嗎？」翩翩決定不浪費時間。

「不了，我已經有一堆問題和煩惱了。」少年回答。

〔第二剪　撥雲見日草扇香〕

妳可以叫我阿鍾，我姊姊們都這樣叫。我頭上這頂滾著紋邊的草帽，就是我自己親手編織的。其實我姊姊們的手藝都比我好，看看這張老照片就知道，城裡的女孩年紀小小，就得排排坐跟著母親學編織，男生來學是比較少的。

有沒有聞過藺草的香味？就是這個，妳聞聞看。這香味曾經陪伴一世代的人度過他們的年歲。那個年代，幾乎每個人頭上都有一頂草帽。城裡女孩用細軟的手指將藺草編成了一頂又一頂的草帽，草帽搭了車、搭了船又出了島，去了那時代的女子們一輩子走不到的遠方。

「苑裡婦，一何工，不事蠶桑廢女紅。十指纖纖日做苦，得資藉以奉姑翁。」

古早的歌謠唱到女子靠編織草蓆，就能養家活口，歌謠就是當時生活的寫照。

但是日子不再，時間過去，廉價快速取代了細緻的感觸，女子們手指的韻律比不上工廠機械快速的頻率。女子隨著時間老去，技藝只留存在少數人的記憶裡。我希望阿嬤們能再次回到以前的日子，那些被需要、被看重，也能幫助環境改變的美好日子。但是時間一直走啊，看著阿嬤們逐漸老去，我來不及追上流走的時間，「時間」就是我的煩惱。

我想繼續保留家鄉的遍地草香，所以我想發展各種可能的商品，但又沒有足夠的技術與想法，姊姊們認為應該先把傳統的草編樣式保存完全，我認為產品應該求新求變。「方向」就是我的煩惱。

這種種擔心引起的不耐煩，常常造成我與姊姊們的爭執，因此，「家人的情感」也是我的煩惱。這些煩惱看起來都像是我自尋煩惱，但回到生活中，它們又是確實存在的，而這些問題也常常相互影響，有時候覺得剪不斷、理還亂，要決定事情也難了。所以「太多煩惱」也是我的煩惱。

翩翩手上剪刀開闔，在紅紙間拉出了一把扇。扇子形狀的紅框內是三個正在編草蓆的女子，有年輕的女孩、有中年婦女，還有一個老婦人。草蓆間編出了一片遙遠的風景，在熱鬧的街景中，人們欣喜的挑選草帽，那風景是遠方也是未來。

「哇！妳怎麼知道是這樣？我很小的時候，常常在編草蓆的客廳睡著耶！我也記得夏夜的晚上，全家人在院子裡搧著草扇納涼，那時城裡才不缺草扇呢。人手一把，風一搧又香又涼。藺草防蟲，這是我長大才知道的，難怪家裡很少看見蚊香。」

「說來湊巧，我這幾天剛好編了一把小草扇，妳等我一下喔。」

少年跳下舞台回到了自己的攤子，取了一個小扇後帶給了翩翩。小草扇配以彩線纏繞，方便攜帶又輕巧。拿起一搧，滿鼻清香，令人神清氣爽。

「這把扇就送給妳吧，謝謝妳的剪紙為我提供了靈感，我剛剛突然想到這樣的小草扇，如果再加上一些祝賀祈福的吊牌，看起來實用又喜氣，之後就要接近考季了，也許能開發一些『好運扇』喔！」

「謝謝你，雖然不能為你解決什麼煩惱，希望你的心情能好一點。」

「別這麼說，謝謝妳。」少年取了剪紙，揮一揮草帽道別，「好蘭一掛」的姊姊們正在對他招手。

吃完晚餐，翩翩已經躺平在床上了，早上的「剪聊時光」讓她對剪紙有了一些新的感覺，到底是什麼感覺卻還無法完全理解，只覺得他人的感受與自己的感受，好像有一種方式可以連結。

家人，是帶來歡喜也帶來憂愁的人。翩翩想，阿鍾的家人關係跟自己的家人關係很不一樣。阿鍾的家裡，隨時都有一堆姊姊在身邊，要做什麼自己的事都會被關注一下。而自己的生活，則是大部分需要一個人獨處。身邊有很多家人關注，好像有好也有壞。如果自己想做的事是家人喜歡而且同意的，就會得到很多支持。如果自己想做的事是家人不喜歡的，就會收到很多反對的壓力。這樣子的話，反而就很難去做自己真正想做的事了，難怪阿鍾的煩惱那麼多。

雖然沒有親兄弟姊妹在身邊，無話不說的表姊就在電話的那一頭。幾個班上的好同學也可以一起解決課業上或生活上的小事。翩翩有很多時間必須自己一個人，所以也必須自己決定該怎麼做，自己承擔決定後的結果。

我喜歡自己的家人關係嗎？翩翩想，過去好像沒有好好想過這個問題。翩翩還在外婆家被照顧的時候，爸媽就離婚了，後來到北部生活之後，媽媽也很少說爸爸的事。翩翩知道那是個不太能提到的禁忌，所以從小也不敢多問媽媽什麼。只是每年一到父親節，翩翩就有點困擾。因為每年父親節，學校老師總會要學生畫卡片寫作文之類的，表達對父親的崇敬。

小學的時候第一次做卡片，翩翩就直接在課堂上說，「我沒有爸爸。」讓全班小朋友一陣譁然，還引起老師深切的關心。後來翩翩就知道要低調一點以避免麻煩，虛構一個爸爸在南部工作的作文，或是打電話問一下表姊今年她寫了什麼。但是每次這樣做，翩翩心裡都怪怪的很不踏實。也許是自己不喜歡「虛假」的事吧。

為什麼一定需要一個爸爸才能交差呢？翩翩想，我跟媽媽在一起兩個人的生活也很好啊，我們常常需要彼此幫忙處理生活的事，比如說媽媽必須晚回來的時候，我就幫忙倒垃圾。早上我要很早出門上學，媽媽就會幫我預備早餐。因為常常自己吃晚餐，我也會做簡單的料理。像繳水電費、買票訂票、看醫生種種生活小事，都可以自己做，並沒有特別缺少什麼，反而因為需要自己處理，學會了更多的事。

翩翩決定，下一次父親節的作業就直接來寫「送給媽媽的話」

吧。

想著想著，翩翩進入了安靜的睡眠。

夢之二

小女孩會走路了，她想跑到外面馬路的時候，我趕快把她咬回來。這裡人這麼多，怎麼沒有人在顧小孩呢？有一個擦著很香香水味的姊姊，每隔一陣子才會出現，她會來抱抱小女孩，但是跟媽媽說話常常很不耐煩。媽媽、媽媽，不要哭了吧。我用舌頭舔舔媽媽，媽媽摸摸我的下巴。

舞台區上，吹笛少年正坐在翩翩對面，他是「竹響」的韓青岳。

今日風大，天空有些陰，風將兩個人的頭髮都吹得飄飄的，像在拍洗髮精廣告。

「今天的風真大，竹林裡起風的時候，也會像現在這樣子，一下就變天。」韓青岳幫翩翩壓好紅紙，看了一下自己的攤位，師傅那兒看來狀況還好。

「風總讓我想起竹枝搖曳的聲音，既然起風了，我來說一個關於竹林的故事。」少年的眼睛沉入回憶裡。

〈第三剪　遠山清音竹簫韻〉

我的家鄉在一個不靠海邊的山村，從屋頂往外望去，除了遠山還是遠山。雖然如此，我並不覺得山中的生活平淡，我們那兒的山生滿了一叢又一叢的竹林。生活在竹林裡，我們山村人對竹有一份親切，也有一份敬意。親切的是生活種種取之於竹，老人家對於製作竹椅、竹簍、竹笠等生活用品十分熟悉，山村的竹工藝在我師傅年輕的時代就已經聞名。那個年代成千上萬的竹子被卡車運到遠方，成為建築工地所用支架，而後又成為預防香蕉傾倒的支架，那一根根健壯的竹子以及四季都可收的各種竹筍，換來了家家戶戶的溫飽。而敬意，卻隨著日子逐漸少去。

我想說的故事，是我和師傅在竹林中的奇遇，我們有一個特別的朋友，是他帶我們找到竹的樂音。

走在竹林深深的山裡，總會想起山村人所傳關於竹的傳說。說有人入山時沒祭酒，就在竹林中輾轉不得出路。或是遇見「竹入土」，即是山神收回竹枝讓凡人不得取用。那一日清晨我背著剛採好的竹筍獨自走在林間，見一竹枝先是晃動不已，而後一寸寸的往土裡縮，我想該不會遇見傳說中的「竹入土」，細聽竹根處卻有嚼食聲。我將所帶玉米與核果放在竹根一穴出口處，不久即見一毛茸茸的圓臉探出，這是我與竹鼠仙人的第一次見面。

我與師傅稱其「竹鼠仙人」，因為他愛食竹。日後我每次路過時總奉上種子核果，後來他也習慣來到洞口等候。一日我與師傅帶著剛製好的竹簫於竹林試音，竹鼠仙人先是出洞觸摸聞嗅此竹蕭，隨即回洞帶出了一枝竹頭。我們將竹頭帶回製簫，此竹音質特殊，未曾聽聞。試音之時山巒風動，竹林搖曳，仙人亦隨之共賞，美景美樂使人難忘。

爾後我與竹鼠仙人發明了一種遊戲，他在竹根穴裡咬著竹頭將竹枝

搖擺，我則在地面敲擊他所搖擺的竹枝，以此共奏一首山林竹管的敲擊樂。我將這些節奏記下成譜，稱為「竹仙譜」。

我逐漸了解每種竹懷著自己的身型與個性，也因此才能產生不同的音質。不同的竹也適合不同的製作處理。我聽聞風的吹奏、石的敲擊、雨的拍打，流的貫通、雷的剖開、砂的填滿。我常想竹管是山林的樂管，吹奏出一曲曲山的心情。

時間過去，山村人為了能有更多的觀光收入，用竹搭了又長又高的橋。我知道山並不喜悅。山的寧靜屬於山中所有動物與生靈，人的腳步與喧鬧，山神並不愛聽。有橋之後，我與師傅都不曾再看見竹鼠仙人。

到現在，唯有山嵐起濃霧的清晨，我對著山林吹笛，或是與師傅一同在雨中試蕭的時候，才隱約看見竹叢似乎有著些許動靜。誰能再看見他呢？也許當你駐足竹林中，閉上眼睛以心隨風撫過竹葉，穿過竹管，到達竹根。才能聽聞竹根深處輕輕的鼻息，仙人就在深深的竹林裡。

隨著韓青岳說完，翩翩的剪紙畫面也來到收尾。

那是一幅美麗的山景，四處生滿了豐盛的竹林。竹鼠仙人與山林的鳥獸動物，正以不同的樂器合奏山的樂曲，高處山巒雲海間有山神正在微笑聆聽。中間前方處，一位少年與師傅，正在為仙人與動物製作竹製的各種樂器。所有的生靈一團祥和，其樂融融。

少年看起來十分開心，說道：「竹鼠仙人就是長得像這樣，圓滾滾、胖嘟嘟的。謝謝妳，師傅一定也很高興，妳讓我們又再一次看見他了。」

說完他從口袋裡拿出了一個小鳥笛，鳥笛上刻著一隻小巧的綠繡眼，「這支鳥笛送給妳，願所有的生靈幸福，也祝妳幸福。」少年一鞠躬，帶著剪紙作品離開了。

「啾啾啾，啾啾啾啾，啾」休息的時候，翩翩隨口吹著小鳥笛。鳥笛的聲音引來了幾隻綠繡眼，站在旁邊樹梢低頭左右看了一眼，又飛走了。

翩翩一直很想養小動物，可是一直沒有機會養。因為平常日媽媽要去上班，翩翩要去上學，家裡空蕩蕩的沒有人，把一隻狗兒或貓兒關在家裡，翩翩既覺得不放心也覺得不忍心。而且媽媽賺錢那麼辛苦，翩翩覺得，除非自己能負擔養小動物的花費，不然對媽媽很過意不去。我有跟媽媽一起照顧過什麼小動物的經驗嗎？翩翩用力回想著。

一顆蠶繭的影像突然在腦中浮現，對了，小學自然課的時候，曾經有一段時間，跟媽媽一起照顧過蠶寶寶。小學時老師發給了每個人一盒五隻蠶寶寶，讓大家做回家飼養的觀察作業，翩翩又期待又怕受傷害的帶牠們回家，跟媽媽一起把牠們放在通風的窗台旁。一開始翩翩很擔心牠們太冷會感冒，還一直用桑葉幫牠們蓋被子，後來看牠們精神活潑一直不停的在吃葉子，才終於放心下來。

養蠶寶寶的那一段期間，每天早上一張開眼，就要去打開一下蠶寶寶的盒子跟牠們說早安。這時候媽媽也會來看一看，一起幫牠們增添幾片桑葉。蠶寶寶吃桑葉真的吃得好快喔，翩翩記得那一段時間大家都會在下課時間趕快跑去福利社買桑葉，晚了常常就會買不到。為了蠶寶寶的桑葉，同學間都會傳說哪裡的公園有桑樹。有幾天因為到處都買不到桑葉，蠶寶寶就要斷糧了，媽媽就打了電話給阿姨。後來家裡收到了阿姨寄來的一大箱新鮮桑葉，說鄉下的河邊到處都是桑樹，我跟媽媽一起把葉子分裝放在冰箱裡保存，蠶寶寶再也不缺糧食了。

蠶寶寶長得好快，果然是一暝大一寸，翩翩跟媽媽一起記錄牠們的身長，蠶寶寶涼涼軟軟的，爬在手上癢癢的感覺，讓母女一直發笑。「真的耶，我想起來了，我有跟媽媽一起養過蠶。我們一起看過蠶寶寶蛻了幾次皮後開始吐絲結繭，等著一顆一顆的蠶繭孵化。看著蠶在結繭的時候一直一直不停的吐絲，媽媽說，織布的工作也是這樣，要花很久很久的時間，才能織出一張很美麗的布。」翩翩想著，臉上也泛起了微笑。

蠶繭孵化的那個清晨，翩翩跟媽媽到附近的小公園把那些蛾放到樹叢裡，原本只能在地上爬的蠶寶寶，現在有翅膀能飛了。回來的路上母女倆去吃了很好吃的早餐，覺得完成了一件生命大事。

翩翩想著這些事，覺得跟媽媽的距離又靠近了一點。這些事，不知道媽媽是不是還記得呢？

綠繡眼又飛回來了，和另外一隻一同對唱了一首悅耳的歌。

*****

下午七點，天色有點暗，翩翩當然死也不願意打開那盞七彩霓虹燈。

表姊走過來，二話不說的按下開關，燈亮起，「剪聊時光」四個大字閃著七彩霓虹，看來一片光明大好。

「嗨！剪花娘子！」呂台生身手矯健的跳上舞台，「我來說故事，我最喜歡說故事了。」

「但是故事這麼多，說哪一個好呢？」呂台生搔搔頭，無法決定的樣子。

「要不要抽個籤看看有什麼方向？」翩翩拿出錦囊妙袋，不太確定會不會有幫助。

「也好。」少年抽出了一個籤卷，展開後上面寫著「注定」兩個字。

翩翩暗暗嘆了一口氣，這要叫我說什麼接下去呢？錦囊妙袋一點也不妙。

表情帶點嚴肅，呂台生突然說：「我知道要說什麼了。」

〔第四剪　除惑斬魅刀劍笑〕

我有兩個名字，一個叫呂台生，一個叫Behuy。

呂台生是我祖父取給我的名字，Behuy是部落長老送給我的名字。這是為什麼呢？因為我的爸爸是漢人，我的媽媽是原住民。爸爸和媽媽的婚姻祖父一開始就不能接受，直到媽媽嫁到父親家和祖父母一同生活，祖父也沒給過她太多好臉色。對這些，媽媽總是一直忍耐著。

從小祖父就特別注意我的言行舉止，說話的用詞，如果口音有不標準，就會被罰練在書房說一百次。「你是漢人，注定要學好漢文。」祖父聲嘶力竭的罵聲，總是在我腦中迴盪不去。媽媽在私底下跟我說的族語，更不可能讓他聽見。族語是我與媽媽的祕密，只有我們兩人獨處的時候，才能使用。

祖父是一個非常嚮往中國的人，自從能過去大陸後，已經不知道探親了多少回，雖然那裡已經沒有什麼親戚可探了。爸爸總說越探，那裡是越有錢，越探，這裡是越窮。祖父從大陸回來的時候，總會買些路上各處看見的古物，他最喜歡的一把劍，是在北京潘家園古物攤買到的寶劍，就高高的掛在書房的牆上。他總說那把劍是已失傳的青龍寶劍，還附有檢驗證明。那把劍在我罰寫罰背的時候特別顯眼，我總是想把它拿下來看看，是不是真像祖父所說的是把「其利斷金」、「削鐵如泥」的寶劍。

祖父過世後，那把寶劍還是高高的掛在書房。一日我偷偷拿個高凳，把寶劍從牆上拿下來仔細觀看，寶劍很輕，是外表誇張的刻紋與烤漆讓它看起來威武沉重。再把劍從劍鞘中拉出來，發現劍身鏽蝕，不知何時早已不能使用了。我將寶劍掛回牆上，沒有告訴任何人這件事。

等到祖父過世後，爸爸才讓我有時能陪媽媽回到部落。部落的人對我很和善，也很疼愛，像是找回一個失去的孩子。這時媽媽才告訴我，在我出生一星期的時候，部落長老就送給我一把刀，這把刀要陪伴我度過我的一生。她把刀放在部落的家裡暗暗收藏著，等到有一天我親自來部落的時候，可以親手拿到。

與部落的人交流久了，我發現他們跟漢人很不一樣，部落的人在物質上不那麼富有但很樂天，很容易成為你真心的朋友，我真的很喜歡部落的生活。舅舅是個做刀的人，我常有機會去他的店裡看刀是怎麼做出來的。那是一錘一錘敲打在滾燙的鋼鐵上，再反覆修整形狀做成的。我看得很著迷。族人的刀，是還在生活中使用的刀。刀的各種設計，從形狀到材質都是扎扎實實的為了生活的需要。握在手上，很沉、很重也很真實。

我是什麼人呢？我的血液中，一半是漢人、一半是原住民。但是我的自由意志，能選擇我想要成為的人。我真的很謝謝爸爸能夠支持我回到部落，我得到了一個新名字，

Behuy的意義是「風」，願我像風一樣自由。

我的故事說完了。

翩翩沒想到，看來總是嬉皮笑臉的呂台生，也有那麼多纖細的想法。而且也非常佩服他有勇氣選擇自己真正想成為的人。

這幅剪紙的外框是一個人形，人形被分為兩半，一半是中國畫風格的錦繡河山，內有一個學子在詩書中朗讀，一半是原住民雕刻的圖騰，內有一個獵人在山林中帶著獵刀、背著獵物，往深山的部落裡走去，部落的人帶著笑容正歡迎著他的歸來。

「這看起來就是我的實況呢，妳怎麼知道我也想成為一個獵人的？啊，我想做的事真是太多了，不能太貪心。」接著，他從腰上的小包裡抽出了一把小刀。這把刀的尺寸比之前在攤位上看到的都小，大約只有一枝筆的長度。

「這是我自己做的拆信刀啦，當做平常削筆用的小刀也很好用，

送妳了喔。」他把小刀一插，直直的插在木桌上。

「拔得出來就是妳的。」呂台生咧嘴一笑，捲起剪紙跳下舞台走了。

「呂台生選擇了跟他出生環境很不一樣的生活方式，但是，那也是因為他有機會去親身感受。會不會有一天，我也能有勇氣選擇，一個跟現在完全不同的生活方式呢？」

翩翩想，人會去改變生活一定有一些引起他這樣做的原因，或許是某些痛苦逼得他離開，或許是某些期望吸引他往前。北部的人有很多都是從南部的鄉下搬上去的，後來過著城市的生活就漸漸變為城市人。城市人有過得比鄉下人快樂嗎？翩翩覺得自己還是比較喜歡放假的時候，回來南部的日子，有大片大片的天空跟隨處可跑的綠地，鄉下的狗兒看起來也比較開心。不過，如果當初搬家時的想望實現了，也許就會滿足了吧？

媽媽當初是為什麼想要離開家，自己一個人到北部去念書的呢？聽阿姨說過媽媽的功課成績很好，是所有阿姨之中最會念書的。但是外婆並不很喜歡女生繼續念書，總覺得早早找個專門的職業來做，生活比較有保障。如果找不到工作，早點結婚也是好的。可是媽媽還是想繼續念書，她們為此總是吵架。

有一天，媽媽把自己的東西整理成一個皮箱，帶著上了台北，還把外婆壓在箱子下的一些錢先借走，留下紙條說，賺了錢再還。外婆非常生氣，為此不跟她說話近兩年。但是，阿姨偷偷告訴我，外婆還是打了電話到台北親戚那裡，請他們到處幫忙找人。

媽媽那時候一定是有一個強烈的心願想要念書吧？翩翩想，為了自己想做的事，不顧一切用行動努力去達成，因此要違抗家人的心願，真是一個好大的心理拉扯喔。是不是因此媽媽需要把情緒收拾起來，才能讓自己更堅強，更能夠去處理生活中各種迫切的事呢？媽媽從來不曾像電視連續劇裡的女主角，表現出一副需要被疼惜照顧的樣子。

媽媽當年在台北念的是織品研究，她從大學就開始半工半讀，一直念到研究所畢業，然後結婚生了我。為了繼續念博士和上班，又先把我送回了鄉下。媽媽一直沒有離開她熱愛的研究工作，翩翩想起有一次暑假，她陪媽媽去東部的幾個部落研究原住民的編織，媽媽跟當地人開心的聊天喝小米酒，一同參與當地人的編織工作。那時候媽媽的臉看起來非常清朗快樂，跟平日在忙家裡雜事的時候好不一樣。如果媽媽當初沒有下定決心繼續念書，現在會在哪裡，過著什麼生活，會比現在快樂嗎？

讓媽媽著迷的是什麼呢？將來也會有什麼事是能讓我這麼著迷，不顧一切去追尋的呢？有什麼會讓我想改變自己？我想再多知道一些。

「姊，麻煩妳去拔一下那把桌中刀。」翩翩回到紙憶坊休息，順便喝水休息一下。

「小事一樁。妳是遇見黑道喔？」表姊已經把刀拔回來了，這種粗活交給她就對了。

「我遇見了仙道、魔道、人生道。」翩翩吸了一口氣，覺得像是從夢裡醒來，在夢裡遊歷了好多地方。
「姊啊，妳小時候想過自己會成為怎樣的人嗎？」
「會成為想吃飽的人。」
「咕嚕～」兩個人的肚子同時發出了聲音。
「我們今天準時收攤吧。」表姊說。
「無異議。」翩翩答。這兩個肚子都已經想念起家裡熱騰騰的晚餐了。沒有精神再聊天，兩人回到家吃完飯、洗完澡，就各自去睡了。今晚翩翩還是做了夢。

夢之三

小女孩被有香水味的姊姊帶走了，媽媽常常翻著相簿在看她們的相片。媽媽看見自己年輕時候的照片，去衣櫃把一件好看的衣服翻出來，那件衣服聞起來很香，靠在臉上的感覺很柔軟。媽媽把這件衣服仔細的折好，收在一個盒子裡，再放在書櫃的抽屜裡面。拿了信紙想寫什麼，後來又把它揉掉了。轉頭看見我在看她，對我說：「這一件是要給阿織的，你幫我跟她說。」然後又自己笑起來，我也跟她一起笑了。

翩翩拿著一枝筆在筆記本上塗鴉，前兩天開始「剪聊時光」的活動後，晚上就做了一些奇怪的夢，是不是聽了太多的故事，才跑出這些胡思亂想的夢？但是這些夢又這麼真實，就好像是在現場看見似的，翩翩想，應該趁早上醒來的時候把記得的細節寫下來。翩翩寫了又寫，盡量把能想起的夢中細節，記在筆記本裡。

下午三點，翩翩已經來到舞台區，準備開始下午的「剪聊時光」。一陣滑板輪子溜過地面的聲音傳來，曹right正踩著滑板以加速度往舞台溜過來，在樓梯前輕輕一躍，連人帶滑板跳上了舞台。

「哈囉！走路不喜歡看路的小姐，原來妳也是擺攤的人喔？」曹right一看見翩翩就認出了她。

「是啊，只是沒有你們生意那麼好。」翩翩這幾天看他們的滑板教學區，常圍滿了看熱鬧的人，還不時發出陣陣掌聲。

「NO～只是熱鬧，真正會買的人不多。」

「這種活動需要團體才有伴，才會玩得高興，right?」

「那，你已經有想講的故事了嗎？」翩翩問。

「什麼故事，我要講一段話嗎？」

翩翩點點頭，拿一張剪聊時光的文宣給他看。

「All right...」曹right停了許久，看起來還是一臉空白的樣子。

「請抽問題籤吧。」翩翩拿出看起來沒用其實有神祕作用的錦囊妙袋。

籤打開了，上面寫的是「打拚」兩個字。

「打拚是什麼？」

「Work hard.」

「喔！我有喔，work hard!」，少年笑起來，金髮在陽光下閃耀著。

〔第五剪　萬籟俱寂板聲響〕

我是美國人，因為我出生在美國。有人會說我是「ＡＢＣ」，就是受美國教育的華人後代。我的父母在年輕時就移民到美國了，在那裡工作，生活了下來。小時候，我們被教導美國是個自由平等的國家，每個種族都可以在那裡因為努力而獲得成功。但事實上不全然是這樣，到了高中的時候，我發現同學還是會根據族裔來選擇交朋友，雖然我從小就在美國長大，還是會被歸類為中國人。我是中國人嗎？我對中國了解並不多。雖然家裡平日還是會說一些中文，但是和爸媽多數都是以中英夾在一起說話的。

後來，爸媽說我們家來自台灣。我想起以前在週末中文學校學中文，也有很多同學是來自台灣的，就特別的跟他們熟識起來。因為有很多共同的煩惱或upset，也容易有共同的感受。我們常常一起打球，或去同學家打電動。

有個朋友老K很喜歡玩滑板，大家就開始學起來，找時間在外面的空地，架一些斜坡練習。後來有一次，一個瘦小的朋友在空地被白人欺負，嘲笑他的技術很爛。其他人聽了覺得很生氣，決定教訓那個白人一下，晚上就跟蹤他，對他「蓋布袋」。

這件事立刻被學校知道了，也傳到我爸耳中，我們大吵了一架，那天晚上我帶著我的滑板出門，在空地斜坡溜了一整晚的花式滑板。那天晚上我就下定決心，要在這件事上努力，一定要讓大家刮目相看。

老爸當然不喜歡我花太多時間在滑板上，但我覺得這個運動是我們生活中無法缺少的一部分，如果那些無法處理的心情，可以藉由do

exercise，就給了大家紓解，不是一件很開心的好事嗎？·right?

我聽我的brothers常常在說台灣的事，我發現自己對台灣很陌生，所以後來有機會就會參加學校暑期的海外教學志工，到台灣的國小來教英文。我很喜歡台灣，今年過年還跟老媽一起回來探親，看到這個藝術市集的徵選活動就來報名參加了。

所以，就像妳看見的，我們的滑板團還在繼續，今年想要參加比賽，we are really working hard!

翩翩聽著，彷彿看見一個少年在月光下不斷的練習滑板，加速飛升、旋轉跳躍，月光照在他的身上，在空地上拉出了長長的影子。孤寂的深夜裡，傳來一聲又一聲，輪軸與地面的撞擊聲。

這張剪紙把這幾天翩翩在顧攤時，觀察到的花式滑板動作都記錄了下來，畫面前景的滑板團少年們正擺出抓板跳躍、翻板、旋轉種種動作，在這些動作後方，是台灣的各地風景，滑板團的少年們背著運動背包，背包上插著小旗，看起來就像是要以滑板環島一周。

「Great!我們都可以用這張剪紙來做滑板教學了，妳好厲害啊！哈哈哈！滑板環島，good idea!我來看看能不能計畫一下！太棒了！」

「市集結束之前一定要來體驗一下喔！免費教妳學到會！」曹right先溜了一個大迴圈，才往攤位緩緩滑去。

看著他逐漸遠去的背影，翩翩想起在北部的時候，常常看見路邊橋下的空地有很多練滑板的男生，那時候只覺得他們製造出來的噪音好吵，常常就摀著耳朵快速走過去。當時覺得滑板跟自己實在是沒有什麼關聯，她甚至覺得那些空間如果變成綠地有多好。聽過曹right一席話，覺得自己的想法有了改變。

世界上就是有各種需要的人，也有因著各種需要的存在。翩翩想到在學校遇見的同學，就有許多不同的個性和彼此相異的興趣，有的興趣看起來非常特別。班上同學有一個叫做小如的，很熱愛動畫跟漫畫，不僅常常在網路上蒐集最新資訊，還認真的打扮成動畫人物的樣子。有一次她給翩翩看她和她的朋友去參加動漫祭的照片，翩翩看著那個有一雙藍色眼睛，背上張著白色羽毛翅膀的神祕生物，完全看不出那是小如的化身。再看看動漫祭照片中滿滿的人潮，翩翩才知道有這麼多人都跟小如一樣，對裝扮成喜歡的動畫人物充滿熱情。

小如曾說，參加這些活動很開心，而且可以暫時變成別人，脫離一下無聊的日常。翩翩想，最近自己對漫畫跟動畫的興趣漸漸少了，比較喜歡看一些嚴肅的經典小說，搞不好，自己才是她們眼中最怪異的人吧。

共實翩翩滿羨慕曹right能找到志同道合的朋友，大家共同參與、共同討論自己真正喜愛的事。一件事跟別人合作與自己獨立完成的過程其實很不一樣，合作的時候需要顧慮一起合作的人現在是什麼狀況，有時甚至要慢下來等待。自己一個人做事像在獨自奔跑，跟別人一起合作像是在跳雙人舞。說到跳舞，翩翩的同學阿琳很喜歡看街舞的影片，她說她跟兩個從小一起長大的朋友，國小高年級就開始研究街舞，看著網路影片自己練習。到國中的時候因為參加社團，認識了更多喜歡跳街舞的人，也學到更多舞步。

翩翩邊走邊想：「在跳舞的時候，不是很需要學習怎麼在團體裡配合大家，達到大家想要的共同效果嗎？這樣對合作的方法是不是能更有概念？下次阿琳邀我參加街舞練習，我也許可以去看看，不知道媽媽對街舞怎麼想？」

翩翩一回攤位看到表姊，順口問一聲：

「姊，妳有沒有特別喜歡什麼團體活動啊？」

「我想要離開團體去活動。」表姊趴在桌上，無精打采的回答。

「姊，妳不舒服嗎？」

「嗯，惡夢，沒睡飽。」姊看起來心情不太好，今天還是少跟她說話吧。

好不容易等到下午七點。

一個小個子的男生精神抖擻的走了過來，細細的眼睛雖然瞇著但目不斜視的注視前方，右手臂上綁了幾條紅藍花布。一看見花布，就知道他是「花燦」的藍一碼。

「妳好，我是『花燦』藍一碼。」藍一碼伸出手，見翩翩沒有反應，只好把手縮了回去。

「你好，你有準備自己想說的故事嗎？」翩翩問，頭腦還繞著剛才的事。

「我來抽一下吧，這個錦囊布袋滿好看的。」

籤紙打開，上面寫的是「希望」。

「你有什麼……願望嗎？」翩翩試著拉出個方向。

「我是……有個期望。」藍一碼說。

〔第六剪　百色爭妍花布揚〕

我叫「一碼」，一聽就知道家裡是賣布的。我家的布行在一個著名的商街市場，那是個一整棟樓的大市場，每層樓都塞滿了各種不同布品的供應商。媽媽說這個市場在以前日本時代就已經存在，那時候就已經是布料進口的批發中心了。

因為每家店鋪都小小的，所以迴廊間常塞滿了各種布匹，直的橫的倒的豎的。我從小就在這些布匹中鑽來鑽去，幫媽媽拿這個尺那個筆的，或者為客人展開布匹。我媽媽特別喜愛蒐集印有花朵的布花樣式，她說那是她小的時候家家戶戶常在用的布花，看著就感覺十分懷念。原本沒什麼人留意的花布，在我三歲那一年突然開始被熱烈討論起來，那陣子小布行每天一開門就站著一堆來找「台灣花布」的客人。

在我十歲那年，一個老先生在我們家店頭逗留了許久，東摸摸，西看看。後來他才說，有幾款花布，是他年輕時為遠東印染廠繪製的。他說五〇年代後因為戰後嬰兒潮，每個家庭都多生了很多小孩子，家庭布料的需求在市場上大為增加，價格便宜、印染精美的花布，成了許多家庭的日用品。早期的花布，都是請師傅將日本來的花布依樣重新繪製而成的，師傅在繪製的過程中，除了保留布花的布局，有時會以自己熟悉的花型、喜愛的配色做一些改變。那天他說了很多關於台灣花布的過去，我才知道這些每天都在眼前的布匹，原來有這麼多的經過和歷史。

之後，我開始特別研究「台灣花布」中各種樣子的布花，看到不同的就剪一塊收起來。在我的布花標本簿裡，可以看見每種布花的配色、排列，花型與花種。我把這個研究稱為「布花生態觀察」。每週，我的

「布花生態觀察」都不間斷的進行。從自己的布行延伸到鄰居的布行，趁著去跟鄰居串門子的時候，多看幾眼，注意一下有沒有沒見過的布花出現。

這些年因為「台灣花布」流行，市面上的應用也多，賣花布的布行增加，專程來買的客人也沒有以往來的多了。所以我想著用現有的花布素材，設計一些別家沒有的產品，也許可以多增加一些布行的收入。幸好我媽媽以前就學過一些女裝設計，轉做包包、文具類並不困難。

但我總想起之前遇見的老先生，他們當時在做布花繪製的時候，不知不覺記錄了那時代的人們在生活中的感受與期望。難道我們現在的生活，沒有可以藉由創作設計而記錄下來的東西嗎？

我想起在學校、路邊常看見的花草，像是牽牛花、馬纓丹，或是茉莉花，難道不能成為花布中的圖樣嗎？木瓜、葡萄和蓮霧，各種好吃的水果或是麻雀、白頭翁、白鷺鷥這些常見的鳥類。這樣一想，能做成布花圖樣的，簡直是千樣百樣。

我的期望就是將來能夠做一個布花設計師。把現在台灣生活的各種有趣事物記錄下來，先從花的型態開始，隨著一匹一匹布流傳到未來的，可以有很多很多。

藍一碼說完的時候，翩翩的剪紙也完工了。

這張剪紙以一格一格的分隔為背景，每一格都有一種不同的布花圖樣。背景有兩個人分立兩側，一側是繪製布花的師傅、一側是正在車縫的母親。前方的少年正拿出一張布花，花朵從花布中破開飛出，一朵朵的花在天空變成了蝴蝶、變成了鳥、變成了雲朵，往天空開闊處飛去。

「這看起來就像我那本布花標本簿，謝謝妳，看著看著，就感覺未來一定會成功。」

「這兩個花布手環送給妳，希望妳也喜歡。」藍一碼從口袋中拿出兩個手環，輕輕的放在桌面上。

「謝謝你分享這麼好聽的故事，希望你的『期望』可以早日成真。」翩翩微笑著說。

走回攤位的路上，翩翩想著布花跟剪紙有點像，都是要把實際的形狀變成圖樣，只是布的設計更困難了，那些圖樣還要能一直接在一起不斷連續下去。隔行如隔山，每個行業都不容易。

晚飯後，翩翩用手指轉著碎布花環，桃紅色亮藍色交錯著，讓人看得眼睛花花的。聽藍一碼講花布歷史的時候，就覺得花布跟剪紙，都是跟生活很有關的工藝品。

剪紙真的能應用在很多方面嗎？外婆的紙藝店用剪紙做了什麼呢？翩翩仔細回想，當時年紀還太小，只記得故事剪紙。來問一下表姊好了。

「姊，外婆曾經用剪紙做了什麼生意，妳知道嗎？」

「嗯……，要知道歷史就要去問古人，妳去問那一堆在客廳聊天的古人。」表姊在床上休息，聲音聽起來懶懶的。

翩翩覺得有點不好意思，但是又真的很想多知道一些，只好從床上爬起來整整頭髮，往客廳那一串阿姨走去。客廳嘻嘻哈哈的，傳出聊天嗑瓜子的聲音。

「阿姨……們，我想請問一下，外婆曾經用剪紙做了什麼生意，阿姨們知道嗎？」

十二隻眼睛驚訝的看著翩翩，一陣沉默後，就像鹽水蜂炮的大爆炸，一句句快速的對話一股腦兒蹦出來。

「很多喔！很多喔！」

「拿婚喪喜慶來說，結婚的時候就要有那些貼在門上的囍字。」

「頂棚花、喜字花、嫁妝花等禮花，也是裝飾新房用的。」

「還有五福圖。」

「添丁的時候剪新丁花圖紙，可以保佑產婦和小孩平安。」

「生的是女孩，就會剪聚寶盆或喜花，希望女孩能夠招財或長得美麗。」

「生的是男孩就剪盛開的花，希望身體好又強壯，就像花盛開一樣。」

「過年或是節慶的時候，剪紙可以用來做裝飾。」

「窗花、櫃花、喜花、棚頂花，都可以直接貼在家具上，增加熱鬧氣氛。」

「以前的人生活很不容易，天災啊、疾病啊、都會影響生存。」

「所以剪紙啊！是用來祈願用的！人們把對生活的希望寄託在剪出來的圖型上。」

「豐衣足食、健康長壽、人丁興旺、納福迎祥。各種對生活美好的祈願和象徵都在裡面。」

「比如牡丹象徵富貴，蓮花象徵純潔。」

「石榴象徵多子多孫，多福多壽。」

「鹿角代表祿、魚代表年年有餘、蝙蝠代表福氣。」

「這叫做以像寓意，用形像寄託意義。」

「用意義來決定剪紙內容，叫做以意構圖。」

「總而言之，就是對生命能更好更豐盛的希望與祈求。」

「記得阿母說過，最早的剪紙是用來祭祀，古代人一開始是用剪紙來招魂的。」

「所以早期都說剪紙用完就要燒掉。」

「那阿母還藏了一本。」

「誰知道。」

原來剪紙長久以來就是在做一種傳遞意念的媒介，翩翩想著。

「以前阿母說過很多典故喔，只是我們不太記得。」

「這個喔！阿織說不定還記得。」

「是哪！七妹頭腦最好。」……

媽媽？翩翩覺得好驚訝，想知道的問題的解答，繞一圈居然就在自己身邊。不知道媽媽還記得多少，等她來的時候，一定要好好問她一下。

阿姨們劈里啪啦的一直說不完、也說不清，而且，阿姨們好像沒有回答到翩翩的問題，翩翩完全無法插入她們的對話，只能了解個大概。實在是聊得太晚了，翩翩躡手躡腳的爬回床上的時候，上鋪傳來一句。

「妳以前從來不會主動找她們聊天耶，怪喔，妳哪裡開竅了。」

「姊，妳不是睡了喔，姊？」

一陣鼾聲傳來，翩翩看看表姊明明在熟睡，剛是在夢遊嗎？

拉拉雜雜的問完聽完，好不容易又能回到可愛的床上，能好好的睡覺真是人生最幸福的事。不久，房間裡的鼾聲在對話著，夢也繼續做著。

夢之四

媽媽不見了。我要等她回來。身體好累不舒服。軟軟的起不來。只能趴著。看不太到東西。客廳現在沒有人，啊，有一個人進來了。是姊姊的女兒。她把供桌上的甜粿偷捏一塊吃掉了。咦！

媽媽的臉出現了，發著光亮亮的，媽媽抱著我，我覺得好開……心……好開……心……

宮廟廣場的風吹著，攤位的帆布頂隨風翻動著，各攤位的攤主已經三三兩兩的來到。各自把鎖在攤子抽屜裡的商品整理出來。

下午兩點三十分。風吹著。

「我好期待，」表姊邊把這兩天翩翩剪好的大型作品固定在襯紙上，一邊對翩翩說話。

「我好期待，等一下的重頭戲喔！」

「什麼？」

「他啊，」表姊用眼角瞄向隔壁的攤子，隔壁攤的那個人正在聚精會神的摺一隻烏龜。

「他這麼孤僻，又不一定會來。」

「越孤僻，才越有需要聊聊，嘿嘿嘿。」

「啪！」翩翩用草扇拍了表姊的後腦勺。

下午兩點五十分。風停了。

有一個黑衣人，用很慢、恨慢的速度，朝翩翩所在的舞台走來。不僅是很慢很慢，而且，是倒著走來。翩翩眼角的餘光，感受到一個逐漸移動的物體，慢慢的，越來越近。翩翩的眼瞳直直瞪著遠方的表姊，表姊捂著嘴，捶著桌，已經笑到快撐不住身子了。

翩翩深吸一口氣，覺得此生最大的難關，就要來到眼前。

「煩惱消，煩惱消。」翩翩用小草扇快速搧著自己，突然「咚」的一下，感覺桌椅被什麼撞上了，剪聊時光的背板左右搖晃了一會，「啪啦」一聲應聲倒地，金色銀色的裝飾散落一地。

「兩百六十六，等同預估。」張果喃喃自語的說。說完發現翩翩正盯著自己，便用同樣的眼光盯了回去，兩人沉默。

「三十秒。」張果開口說。

「來……抽個……問題籤？」翩翩拿出了錦囊妙袋。

張果抽了一張，一張，又一張。展開了一張，接著一張，再一張。直到把所有籤抽完展開在桌面，才停下來。

「咦……？」翩翩帶著求救的表情看向表姊。表姊搖搖頭聳聳肩。

看起來在用紙籤排什麼，他不斷調換八張紙籤的位置，最後終於停了下來。

失意　希望

波浪　起落

好運　歹運

注定　打拚

「愛拚才會贏。」張果說。

「那……是……你要說的故事嗎？」翩翩已經不知道該說什麼了，順其自然吧，她想。

「是，也不是。」張果回。

〔第七剪　倒看過往為將來〕

那是一場爭奪世界冠軍的摺紙比賽，我從台灣區比賽開始，比到了亞洲區，最後到了世界盃，經過了重重考驗，終於擊敗了各地好手，進入到最後一輪總決賽。我與我的對手在台上等待題目公布。總決賽的題目是一樣的，參賽者要在三天內把這個概念的大型摺紙作品做出來。

最終的題目是「巔峰」。

我構思著，要如何用摺紙的造型，表達出巔峰的概念。我想著繁複的結構與構圖，決定要把這個作品華麗的展現，表現爭奪的企圖心與王者的霸氣。最後我決定做出一個立體的九龍搶珠圖，利用龍身的彎曲表現躍動的動態，一隻一隻堆疊而上，每隻龍在顏色上帶點不同以增加色彩的豐富度，最頂端的龍珠，則必須光彩奪目。三天中我沒日沒夜的，用上摺所有的紙技法製作龍的各種姿態面相，最終，終於完成了我心目中的「巔峰」。

我與對手的作品，同時在現場的舞台上揭開，觀眾如雷的掌聲，決定了我的勝出。我得到了世界摺紙大賽的冠軍，這一刻我的人生彷彿也真的走到了巔峰。但我知道，這不是實情。實情是，我輸了。

對手乍看之下樸實無華的作品，其實深有學問。

對手的作品，是一幅曼陀羅圖。他以一張一張的白紙，摺成一個一個的小單元，再以每個小單元做精準又細微的角度變化，拼成了一幅立體曼陀羅，遠看是一個正球體，近看在正球體中又顯露出一朵朵盛開的花。光從上方打下來的時候，白色紙張反射出細緻的金屬光芒，顏色隨著觀者的角度旋轉變化，並因為摺面的設計，讓人在走動的時候，有視覺律動的錯覺。這是一幅活的作品，呼喚著觀者與它對話。

在現場展示的一個月間，我細細的觀察那件作品。每個小單元的摺面沒有一點誤差，那是數學與藝術的完美結合，也因為那樣的結合，才能把隱藏在背後的永恆之美顯現在世間，他表達的是萬物的完滿和諧，只讓觀者以心感受，那才是一個作品真正的巔峰。我深深被打敗了，雖然得到了世界冠軍的獎盃，內心卻一點都沒有高興的感覺。

回國後，我把過往所有的作品都燒了，一切從零開始。我捨棄華麗的摺法，重新從點、線、面開始，學習在現象中看見背後的法則，在每一個摺面中修行，我決定一個摺面就是一個專注的當下。以往飛躍的千里馬，現在要變成一隻一步又一步，慢慢行走的驢。

翩翩聽得入迷了，現在才發現故事已經講完，她的剪都還沒下一刀。張果把她手上的紅紙接來，先撕開處理成正方形，再將對角摺起，對摺又對摺，直到變成一個細長的等腰三角形。

「剪。」張果將紅紙還給翩翩，自己的手開始摺起桌上一張又一張的白紙籤。

不確定會剪出怎樣的圖型，翩翩捏著這張細長的三角型，隨意剪除了一些點與線，再去掉一些大塊面讓它留下鏤空，她盡可能的將這三角形內的圖樣雕琢細緻。展開紅紙時，她自己都嚇了一跳。一份細緻的圖樣被複製成環型，變成了一幅充滿細緻線條的抽象剪紙畫。

「謝。」張果將作品取走，桌上留下了一隻用籤紙組合摺成的紙驢。

盯著張果離去的身影，翩翩的視線掃過了紙憶坊，看見表姊好像在跟什麼人說話，背影看來是一位高挑細瘦的女士，一頭長髮飄飄，這個背影是翩翩最為熟悉的背影。翩翩轉頭看了一眼身邊的兩仙童男童女，覺得這個熟悉的場景恐怕會再一次觸發媽媽的脾氣大爆炸。

還是先避一下為安全，翩翩速速在桌子後蹲下，將兩仙紙人藏在已經倒了的立牌後方。趁媽媽東張西望的空隙，快速奔向鎮海宮的側門，溜了進去。

記得小時候年節期間常跟外婆來鎮海宮上香，香爐散出的焚香味與宮廟建築的檀木香混在一起，就是宮廟氣味的特殊記憶，小時候還常與表姊在廟側的小庭中玩捉迷藏，翩翩想著，許久沒有走進來，究竟是宮廟變小了？還是自己變大了？

跨過通往側庭的門檻，看見一位穿著汗衫的少年正在用長布刷清洗牆面。這面牆是由一片片老花磚拼成的一幅瓷磚畫，畫面上有七男一女，相貌與姿態各不相同，每個人拿著各自的神器，踩在波濤洶湧的海面上。少年專心的清理牆面，一轉頭看見翩翩在旁駐足看畫，被嚇得身子一震。

翩翩這才想到自己一身怪異裝扮，整個臉又熱了起來。

一開口聲音也跟著結巴，「我……是藝術市集擺攤的人，來……參觀一下。」

「我想說是哪個仙跑出來，我知道，妳是那個剪紙攤位的吧？我叫龍二，宮廟家將團的。」少年沒有停止工作，一邊與翩翩說話。

「這幅畫很久了吧？我記得小時候就看過。」

「妳也是本地人喔？這幅八仙過海從龍阿公年輕的時候就砌成了，家將團也都聽過龍阿公講八仙的各種傳說。」

「喔？那些傳說你都記得嗎？」

「久沒聽就忘得差不多了，但是我很喜歡這幅畫，有時若是心情不好或是有點悶的時候，就會跑來這裡看一下。」少年停下來，看了一會兒老花磚瓷畫。

「妳看，妳覺得他們是誰？」

「誰？你是說傳說故事中他們的來歷嗎？」翩翩想他問的是姓名、身世、還是他們的仙號？

「不是，他們是各種人。」

「你看他們的樣子，有老有少，有男有女，有貧賤的、富貴的各種出身，卻都因為發善助人，而成了仙。小時候我看著廟前來來往往的人，常常亂想，也許八仙就在其中的一個裡面，讓我遇見一次也好。」龍二笑一笑。「小時候很呆吧。」

翩翩搖了搖頭，想起自己小時候也常常玩著外婆的動物剪紙，也和那些剪紙娃娃說話。

「啊，終於擦好了，最近我們忙著準備年後的祭典，要清理宮廟器械，還要在你們收完攤後練習家將陣式。」龍二收拾好清洗用具。

「我們收攤後時間不是已經很晚了嗎？」翩翩覺得很詫異，原來宮廟的人最近有這麼多事要忙。

「一般日子我們都是晚飯後練習，但今年因為藝術市集順延了，而且早上有早上要做的事，況且練習陣式也需要場地和空間。最近真的好忙喔！先掰。」龍二與翩翩道別，提著桶子往後面去了。

翩翩從宮廟側門走出，四周沒看見媽媽的身影，警報暫時解除，快快溜回紙憶坊。

「妳終於回來了喔，妳媽媽有來耶。」

「我知道，先躲了一下。還不是因為妳們把攤位弄成那樣。」翩翩瞪了表姊一眼。

「不管，等下回去前跟我換衣服。」表姊瞪了翩翩一眼。

剪花娘子換了人，六姨忍著一張笑臉，在晚餐時多幫表姊夾了塊肥豬肉。大姨到六姨還是嘻嘻哈哈的把連日來鄉裡的趣事告訴媽媽，媽媽含蓄的笑著，放了假讓她看起來放鬆不少。

睡前，為了知道張果所說的故事是不是真的，表姊拜問了google大神，「真的耶！妳看。」

「天才少年張果贏得世界摺紙冠軍。」一則三年前的報導，證實了真的有過這件事。

「沒想到他這麼厲害，我們身邊真是臥虎藏龍啊。」表姊打了一個大呵欠，爬到上鋪去了。

翩翩從來沒有看過像張果這樣的人。他有一點像是小說裡深藏不露的高人。但先不管他的行為看起來多奇怪，他說的故事中，有一些事讓人感觸很深。他說的事，也可以用在了解「剪紙」上。翩翩覺得，那是追求技藝的人，都會遇見的共同經歷。

翩翩想，看了百相簿之後，我一直在意的是怎麼樣能像外婆一樣，剪出技巧複雜的圖樣，我專注在花朵的樣式、雲紋的剪式，構圖的方法、專注在怎麼能夠去把作品剪得和外婆的剪紙相像。我專注這些外在，而忘了作品的「心」。

作品的「心」是什麼呢？

心不是眼睛能看見的形象，不是耳朵能聽見的聲音，也不是手能觸摸的物體。心是內在最真實的感受。並不是每個人都能將自己的感受好好傳述，好好表達出來。更有些感受，不完全能用文字表達。

如果剪紙是為客人的祈願代言，那就是表達客人的「心」。原來外婆的剪紙，是以自己的手代言客人的「心」。而做為一個創作者，要能夠在過程中將雜質鍊去，留下更純粹的本質，讓心更為顯出。

翩翩想著剪紙的過程，自己使用的是沒有草稿的剪紙方式，剪刀的走向根據當時內心的流向，一轉念，方向又會不同。只有手能與心合作，才能無誤的傳達心。為了能更完全的表達「心」，手的技法要更勤練，那才應該是追求技法的理由。這個看見，真是今天好大的發現喔。

剪聊時光的活動結束了，翩翩真是鬆了一口氣。那些人的經歷雖然不是自己的，卻讓自己又多想了一些事，多理解了一些感受，多得到一些鼓勵，這也算是收穫吧？翩翩回想著這幾天聽見的故事，隨手翻了一下記事本，發現了記事本中，早上寫的怪夢筆記。

「姊，妳有在外婆頭七那天偷吃甜粿嗎？」

表姊的頭從上鋪垂下來，一臉慘白。

「妳……妳好可怕！哇哇哇！妳好可怕!!!妳是誰！妳是誰！」

翩翩倒吸了一口氣，原來那些怪夢都是真的，「所以……」翩翩跳下床，照著夢中記憶的場景找到了書櫃，打開書櫃抽屜，放著的是夢中那個盒子。

帶著盒子走到客廳，阿姨們都已經回房休息，暗暗的有一個人正在外婆的靈前上香。

翩翩輕手輕腳的，走向媽媽。

「媽媽，有東西要拿給妳……是外婆，不是，是吉利……」翩翩不知道自己是怎麼了，眼淚一直一直從眼角流出來。

媽媽接過了盒子，打開來，是一件繡著荷花的綢緞織衣。

「翩翩，謝謝，這是我小時候一直吵著妳外婆，跟妳外婆要的一件衣服。」媽媽抱著翩翩，聲音很細很細的說。

「媽媽、媽媽我想了很多很多話要跟妳說……還有還有，我有好多問題要問妳……還有還有……。」翩翩急著想把這幾天的所思所想告訴媽媽，卻因為流著眼淚聲音模模糊糊的說不清楚。

「好、好……我們這幾天有空就多聊聊……」媽媽安撫著翩翩，兩個人的眼淚一直流一直流，流到深深的睡眠裡。

十二隻閃亮閃亮的眼睛在暗處看到這一幕，十二隻閃亮閃亮的眼睛也淚漣漣。

今天，是個沒有怪夢的安詳夜。

肆・火淨宮廟平紛爭

「咦，翩翩，妳有看見繫在招牌那兒的『吉利』剪紙嗎？」表姊邊開鎖邊點算著放在攤位桌抽屜內的小剪紙。

「我沒有動啊，牠沒繫在那嗎？」翩翩剛從宮廟內搬來兩張摺疊椅。

「沒。」招牌旁空蕩蕩的，還留有幾絲斷開的彩線。

藝術市集將要接近尾聲，下午卻爆出了衝突的喧鬧聲。舞台一角傳來對罵，還有椅子撞擊地面的聲音。

「你給我過來看！不是你們家將團弄的，會是誰弄的？」這聲音聽起來是曹right。

「還有這兩個，剛剛就在我們攤位旁東摸西摸。」呂台生和舅舅一人抓著一個小孩，是常在宮廟活動的孩子。

眼睛瞇瞇，頭髮翹翹的龍二循著聲音出來看，看起來他剛剛還在午休。

「手給我放開，我們宮的人才不會偷東西。」龍二要拉開呂台生抓著小孩的手，反而被他舅舅反手押住。

「已經有好幾攤攤位都被破壞，丟了東西。」曹right生氣的說。

「有的攤還被塞了這個。不是蓄意挑釁是什麼？你自己看？」風之痕滑板隊的男生手上一把金紙，舉到龍二鼻前讓他看清楚。

此時宮廟家將團的少年們已經循聲趕來，滑板隊的少年群也應聲向前圍去。

「我們早上一來就看見小刀掉了滿地，剛剛只是想去看看怎麼了，就被他們押著抓來了。」被抓住的兩個小孩哀著臉哭訴。

「就是啊，我們最近忙得要死，那有空來摸你們的東西呀？」家將團的少年脫口說。

「東西就是有掉，你們要怎麼說？」滑板隊的少年接口。

「占著場地還一堆事，你們少欺人太甚喔！」

「你們才少裝死！」

兩方少年越罵越激烈，臉紅脖子粗，看起來就快要開打了。

「唉呀唉呀，快打起來了！」表姊遠遠看著兩團男生，一團開始祭出家將的陣式，一團開始擺出滑板的隊型。

「要不要阻止他們啊？」翩翩覺得宮廟的家將團應該不會亂偷東西，這其中一定有什麼誤會。

「要嗎？要嗎？我還沒看過這種怪陣架耶！」表姊的聲音帶著不

知道哪裡來的幸災樂禍。

此時，翩翩突然聞到一股刺鼻的煙焦味。

「姊，你有沒有聞到什麼味道？」

「耶？」

「啊，妳看宮廟頂！」宮廟頂正竄出熊熊的火舌，陣陣的黑煙，已經直衝雲霄。

「妳快打一一九，我去阻止那些臭男生！」

表姊扛著一張摺疊椅衝出去，一百八十度迴身，旋轉，用力往前一丟，「啪擦」的一聲巨響，摺疊椅像滑壘選手一樣摔在兩團之間。

「火都燒廟了！還不快救……救……救……救……救！」表姊用最大的肺活量大吼，宮廟門廊間都還聽得到尾字的回音。

兩團男生這才頓時清醒，轉過頭發現宮廟失火的現況。

「啊！怎麼會這樣！」

「先救火！先救火！」宮廟少年們飛也似的衝回鎮海宮。滑板隊的少年隨即也追了過去，廣場的各攤主看著狀況不對，也跟著過去看看能有什麼協助。「先幫忙救火！」眾人大呼。

接著水龍頭的塑膠水管還是不夠長，少年們提了所有的桶子裝水，再一個接一個快速傳到火勢猛烈的地點。眾人正忙碌著，一個宮廟的孩子大叫。

「有沒有人看見龍阿公！」

龍二與兩個少年快步前往廂房，猛力的敲門。

「龍阿公你有在裡面嗎？他平常都在這睡午覺啊？龍阿公！」眼

看裡面沒有人回應，兩個少年拿起廟裡很有重量的木牌器械，決定立刻破門而入。

「一、二～三！」

寫著「肅靜」與「迴避」的兩根大紅木牌撞開了門，裡面卻遍尋不著人影。

「汪汪汪！嗚汪汪！」突然間一陣急促的狗叫聲，從主廳那裡傳過來。龍二與曹right即刻循聲前往主廳找人。只見龍阿公已爬上高高的神壇，想要把神明的金身挪移下來。無奈力氣太弱，濃煙又嗆得人一直咳嗽，一個不穩從旁跌了下來。

煙霧越來越嗆鼻，兩人用布摀著口鼻，一起衝進去主廳，一人抬前一人抬後，把龍阿公抬了出來。宮外傳來了消防隊的嗚笛聲，水管已經架好開始噴灑，聽說因為外圍巷弄狹小，耽延了一些時間。

火勢終於漸漸得到了控制，宮廟外，家將團和滑板隊的少年們，跌坐在一起喘著大氣，每個都被煙燻得滿身灰，黑黑的臉露出兩個眼睛，早已分不出誰是誰了。翩翩與表姊和剛剛趕來的阿姨們一起協助障礙物的清除，此時正準備水與毛巾給少年們清理一下煙塵。一群人驚魂未定。

「還幸好廟裡有養狗，不然就找不到人了。」曹right染的一頭金髮已經被煙灰調成一頭灰髮，臉上也都沾了不少泥。

「廟裡沒養狗呀，倒是養了一隻——啊！齊小聖呢？有人看見嗎？」龍二突然張大眼睛緊張的左右觀望，家將團的其他少年也一起慌張起來，彼此看了一眼，又一同跳起來，箭步往宮廟衝進去。

「火才剛滅，危險啊！」六個阿姨與媽媽奮不顧身的跟著衝了進去，幫忙救火的攤主見狀也站了起來接著跑進去，最後是翩翩與表姊，魚貫的往前追去。

一夥人來到內面的側庭，就聽見鐵鍊匡噹匡噹的敲打聲，一隻被柱子鍊住的猴子，已經盡可能遠離火場爬到高高的屋簷上，將鍊子拉得筆直。猴子背著斜肩小書包，一手拿著一瓶已開的礦泉水，朝向煙和火來的地方到處潑灑。

「嗚嗚嘎嘎！嗚嗚嗚嘎！」猴子一看見龍二，就發出了求救般的叫聲。

「小聖下來！沒事了！快點跳下來！」龍二解開了鐵鍊，朝猴子

張開雙手，示意要牠往下跳。

小聖猶豫了一下，隨即用力往下一跳。在還沒到達龍二的懷中之前，小聖的小書包已經在空中翻滾了兩圈，又在書包尚未落地之前，裡面裝的東西已經在天空飛灑出來。草編公雞、小鳥笛、葫蘆小罐、有雕刻的小木塊、猴子形狀的摺紙、吉利的剪紙頭像、幾顆滑板的輪子、一個花布小錢包以及其他種種，一件件如雨一般的灑落在眾人面前。

最末，一張張的金紙從空中緩緩飄落，覆蓋在滿地的商品，以及，眾人的頭上。

龍二的額上沾了一張金紙，表情僵硬，眼睛瞪著懷中的小聖。

「拿東西還知道要付錢吼！你這隻潑猴——看我不燒了你!!!」

「嗚嗚嘎嘎！嗚嗚嗚嘎！」齊小聖隨即從龍二身上跳開，在神壇間又躲又跳，不時對龍二吐舌做鬼臉。消防隊員進來催促著眾人離開現場，今天也在混亂與喧鬧中進入了尾聲。

好消息是，商品被竊的謎題終於解開了，眾人覺得啼笑皆非，也就不對猴兒一般見識了。壞消息是，鎮海宮損毀嚴重，家將用的衣飾與器械，都受到火災的波及，而再過三天就是祭典的日子。

右手臂吊著石膏的龍阿公佇立在那片老花磚的牆面前，「八仙過海」的磚畫被煙燻得烏黑，所幸，並沒有太大的破損。救火時噴灑的水還未乾，牆面溼漉漉的，龍阿公用左手揉了揉眼。當磚畫上映出了模糊的人影，龍阿公才發現身後來了藝術市集的各攤攤主。

「聽翩翩說再過三天就是宮廟的祭典，我們覺得應該一起來幫忙。」曹right率先開口說道。

「誤會你們真是抱歉，我跟舅舅可以處理刀具器械與木柄需要的修補。」呂台生接著說。

「我的攤位可以用草編來做一些道具用品，姊們編得超快的，嗯，至少比我快。」阿鍾的語氣猶豫內心堅定。

「布料的選擇與縫製我可以做，衣飾的修補交給我吧。」藍一碼已帶著量尺。

「我負責慶典的樂器，一定有替代的方法。」韓青岳心中看來有譜。

「摺紙的構成千變萬化無不可能。」張果持續他的怪氣。

「有需要雕刻的部分我這兒都可以處理，請別擔心。」誠摯的小李做了結。

龍阿公停了半刻才回神過來，說道：「啊，怎麼好勞煩各位，再說宮廟目前也無法支付開銷。這……」

「龍阿公。」媽媽與阿姨們從外面走了進來。

「喔喔，是金水嫂的七仙女，很久沒有一起出現了。」龍阿公的神情亮了起來，充滿笑意。

「阿母以往也義不容辭的幫忙鎮海宮做了許多建醮與慶典的活動，不全然是為著廟，也是為著眾人。」大姨緩緩的說。

「阿母也說過，去惡揚善、行俠仗義、各顯神通，那不就是當年大夥兒決定砌上這幅磚牆的初衷嗎？」二姨接著說道。

龍阿公不再說話，眼睛晶亮晶亮的。

「太好了，我們現在就開始動手吧！」表姊吆喝一聲，大夥兒便開始動了起來。

*****

為了幫忙鎮海宮的祭典順利，媽媽和我在南部多留了幾天。我們已經很久沒有像這樣可以整天看見彼此，跟彼此好好說話了。而且，不只是說生活必要的話，而是能好好的說「心」裡話。

那天傍晚，我跟媽媽到河邊散步，河堤上兩旁樹蔭夾道，晚風微涼。昏黃的夕陽天空中，鷺鷥群正排著隊伍，拍著翅膀，飛回樹林中的家。我跟媽媽坐在河堤的斜坡上，看著夕陽逐漸落下，月亮淡出了微微的白影。

「翩翩啊。」

「妳爸爸也有來過這裡喔。」

「咦?」翩翩不敢打斷媽媽的話,安靜的聽媽媽繼續述說。

「那一年鎮海宮落成,妳還小,還包著尿布。爸爸抱著妳去參加開幕典禮,外婆跟阿姨也都去了,那天很熱鬧,大家都開開心心的,妳一直說『龍!龍!』。」

「我記得。」是因為看見了宮廟頂的龍,翩翩覺得鼻子有點酸。

媽媽轉過頭來對翩翩微笑。

「媽媽跟爸爸是在念研究所的時候認識的,爸爸念的是農業所。」

「研究所畢業之後,我們都有各自的目標要發展,妳知道我繼續念了博士。妳爸爸因為一直對國際事務有興趣，去參與了國合會的農業技術團。」

「農業……技術。」

「嗯，就是到國外去幫助其他國家發展農耕的技術，讓他們能得到更多的糧食、過更好的生活，也要輔導他們繼續發展，讓他們可以自力更生。」

「那不是幫助別人的好事嗎？」翩翩想，原來爸爸是農夫的一種喔。

「是好事沒錯，但就是沒辦法常常回家，無論去非洲或去南美都不是幾個月就能回來的。農技團一年只有十幾天假，所以爸爸一年只能回來一次。」

「妳外婆對這件事非常不諒解，覺得爸爸沒有擔負起照顧家庭的責任。對爸爸很不滿也很生氣，她常常碎念希望爸爸可以回來工作，好好照顧自己的妻子女兒。」媽媽繼續說著。

「那媽媽覺得怎麼樣呢？妳會想要爸爸常回來嗎？」

媽媽沉默了一會兒，好像還嘆了一口氣。

「我們都是對研究有熱情的人，我能了解並支持爸爸的興趣，所以不想要求爸爸因為家庭而離開他最愛的志業。但一方面，我又希望翩翩在長大的過程中，能夠得到更多、更足夠的愛。」

「所以我希望爸爸能夠做個選擇。」此時天空已經暗下來了，媽媽牽起了翩翩的手。

「那一年也是在這裡，我們協議離婚了。」

「雖然後來因為工作太忙，我也沒能花全部的時間陪伴妳，對不起喔。」

媽媽理了理翩翩的頭髮，拉著翩翩一起站起來。

「我想，會決定分手也是因為，我不喜歡做個等待的人吧。」

翩翩抱著媽媽，在她臉上親了一下。天空的一顆孤星璀璨的亮著，兩個人一同牽著手，慢慢的散步回家。

這幾天，阿姨們邀請了藝術市集的各攤攤主來紙藝店吃晚餐。原本就擁擠的小客廳，更是擠得難以挪動身體，阿姨們還是身手矯健的煮了滿桌的菜，並在客廳中間放了一大鍋炒米粉。整個客廳熱騰騰鬧哄哄的，加上阿姨們六聲道的喧譁聲，翩翩覺得自己的耳朵都快聾了。她搬個小板凳，把米粉拿到門口去吃，吹著晚風透透氣。

不一會兒，媽媽也揉著耳朵出來了，跟翩翩分坐一個小板凳吃米粉。

「媽媽，妳喜歡剪紙嗎？」

「小時候還滿喜歡的，但是長大後有更喜歡的事想了解。」

「嗯，那妳喜歡外婆嗎？」翩翩問，眼角偷偷看了一眼媽媽。

媽媽停下筷子，看了翩翩一眼。

「妳外婆的個性跟我很像，我想我們彼此都知道。也都沒辦法像這樣，好好的把內心話講出來，能講內心話，也是需要練習的。」

這就是為了「心」的手藝練習，翩翩心想。

「我很感謝妳外婆，如果能在她生前說出口就好了。」

翩翩與媽媽，繼續扒著米粉吃。屋內嘻嘻哈哈的笑聲，聽起來沒有想停止的時候。媽媽轉頭看看透著黃色燈光，熱熱鬧鬧的小紙藝店。

「翩翩啊，我沒有反對妳接觸剪紙或紙藝的事。」

「但是我也不希望妳在還沒看見世界之前，就把自己束縛在小小的紙藝店裡。」

「媽媽希望，在還沒找到妳最熱愛的事情之前，妳能盡力去吸收、盡力去嘗試各種事物，直到找到妳的最愛。」吃完了米粉，媽媽起身要回屋了。

「如果到最後，我發現我的最愛還是剪紙呢！」翩翩喊。

「那妳就繼續剪一輩子呀，是有人能阻止妳嗎？」表姊的頭從窗內冒出來。

「來喝貢丸湯啦！」

*****

一時失志不免怨嘆
一時落魄不免膽寒
哪通失去希望
每日醉茫茫
無魂有體親像稻草人

人生可比是海上的波浪
有時起有時落
好運歹運總嘛要照起工來行

三分天注定七分靠打拚
愛拚才會贏

表姊一邊哼著外婆最愛聽的那首台語歌，一邊正將幾包大包裹搬下車，包裹內裝的是阿姨們連日趕製的紙藝品。今天就是祭典的日子，大家在時辰還沒到之前，就提前來鎮海宮幫忙布置整理。翩翩和表姊將好幾包紙藝成品放在廟側，讓張果帶進去給宮廟的少年們以及來幫忙的各攤攤主，裡面正在做家將的開臉儀式。因為原本的畫臉師龍阿公的手受傷了，因此彩繪滑板的少年隊在龍阿公的指導下，正幫忙畫臉。

「為什麼女生不能進去啊？不是都已經有女生的八將團了嗎？」

表姊嘴上碎念著。

鎮海宮在眾人的協助之下，已經大致整理乾淨，這三天各攤主也盡了全力幫忙做各項修補。紙藝店與張果合作，做出各種美麗又典雅的敬神紙品，從敬神花籃，到寶盆、寶船、蓮花座應有盡有。藍一碼將家將的衣物做了一點小改變，雖然比原本的花一些，造型與配色卻更加的年輕了。呂台生跟舅舅將神將用的鐵器重新整理，磨亮上油，再將木柄之處上漆，以保將來使用。阿鍾與姊姊們處理所有祭祀用的載具，裝鮮花素果三牲的籃子、盤子，都用草編器具替代。

「幸好貨都沒什麼賣出去。」阿鍾用草扇搧著自己的頭說。

翩翩和表姊則是幫忙剪了八將遶境時，要送給信眾的祝福小禮，「平安」、「希望」、「幸福」、「安康」帶著文字的窗花小春聯，不太傳統，但是心意十足。起駕前，清雅的竹樂響起，韓青岳與師傅吹著廟會組曲，宮廟的樂師使用他們的竹樂器來演奏，一同豐富了樂曲的厚度。

在熱鬧的鞭炮聲中，鎮海宮的家將團，踩著莊嚴的步伐前往村落遶境。大家熱鬧的參與，讓這次祭典成功的落幕了。

最後得到的好消息是，經過福伯努力的爭取，政府願意撥款補助鎮海宮的重修事宜，將在月底開工。這次「少年plus藝術市集」的相關耗損，也會由鄉公所負責補助賠償。

*****

「翩翩，我們要走了喔！」大門外傳來媽媽催促的聲音。

翩翩已經背起了收拾好的包包要回家，包包中收藏的紀念品，是這個年節的珍貴回憶。但臨走前還有一件很重要的事。翩翩來到外婆的牌位前，捧起白鐵大剪刀準備將它放回外婆的「百寶盒」。

不知道是不是用力太猛，打開盒子的時候盒蓋有點破開了。

「啊！外婆對不起！」翩翩心裡覺得有點懊惱，但定睛一看，原來是有一張紙，被摺疊起來貼放在盒蓋的背面。

翩翩將紙展開一看，是一張八仙過海的剪紙，各個仙人的姿態動作跟宮廟花磚所畫的八仙，幾乎是一模一樣。那是彎著身子帶著葫蘆的李鐵拐、那是手捧仙品花籃的藍采和、那是身著官服帶著陰陽玉板的曹國舅、手持竹笛吹著仙樂的韓湘子、那是搧著大蒲扇敞著外衣的漢鍾離、那是騎著驢留著白鬚的張果老、那是背負仙劍的呂洞賓，但是，還有一位沒有完成。

外婆一輩子在幫人剪紙，卻從來也沒剪過自己的像。翩翩拿起尖頭大剪刀將仙人的樣子修剪出來，她有飄飄的仙衣、她有長長的髮髻，她手持一朵荷，她是何仙姑，翩翩留下了微笑的外婆在她的臉面上。

翩翩將這幅八仙過海仔細的收放在百相簿裡，再將尖頭大剪放進百寶盒中，臨走前，對著神壇拜了一拜。外婆、吉利，再見了。

「翩翩！好了沒有！」媽媽的催促聲又傳來了。

「好了！好了！我來了！」

尾聲

白雲還是緩緩的飄過天空，翩翩坐在植物園的大荷花池前，這個時候已是盛夏，池中盡是盛開綻放的粉色荷花與隨風舒展的綠色荷葉，一陣清風徐徐吹過，荷香滿滿。如果不是表姊昨天打電話來，翩翩還沒留意，年節那段日子已經是好幾個月前的事了。

「翩翩啊！」表姊高亢的聲音又在電話那頭響起。

「我跟我媽決定，要在暑假把紙藝店整理整理，重新開張。」

「真的嗎？好棒喔！恭喜恭喜！」

「所以這兩天我在整理我們過年時候的剪紙，妳沒發現故事剪紙有少剪一張嗎？」

「有嗎？」

「嘿嘿嘿……妳猜啊，如果是每攤剪一張的話？有哪一攤沒剪？」

「啊……」翩翩知道是哪一攤了。

「哈哈哈！妳自己找時間剪喔。」

「那……那……要剪什麼？」

「妳自己想。」

所以現在，這個週六下午，翩翩帶著大張的紅紙與剪刀，來到平日最喜歡的荷花池前，要專注且隆重的完成這個任務。深深吸一口氣，靜下心來，腦海中的回憶慢慢、慢慢的，浮現出來。

〔第八剪　百轉千迴細剪活〕

剪刀開闔，沾著紅紙的邊緣，我想起始終在身旁支持自己的六個阿姨，沒事出一堆主意拖我下水的佩佩表姊，無論發生多糟糕的事，她們總是開朗豁達的度過。越來越被大家薰陶而開朗起來的媽媽，媽媽笑起來多麼美麗。

一張微笑的毛毛臉浮現，原來在我這麼小的時候，吉利就已經看護著我，而擁抱著吉利的外婆，是帶給我剪紙天賦的那個人，她以白鐵大剪刀剪過浮世生死、看盡人間悲喜，她剪出美好的故事傳說來帶給孩子歡笑，也用同樣的一把剪刀為神靈籌壽、為死者哀悼，讓生者得到深深的安慰。

腦中再浮現的，是年節期間遇見，萍水相逢的朋友們，每個人都帶著對人生更深的想望，而讓我看見了更遠的遠方。我會想念在災難後更為堅韌的心靈，也會想起懷念傳統的柔軟用心，我知道遠方的群山裡有人護著咀嚼青草的鹿群，那個部落有人開懷的發現自己。那一家市井小店裡有人想把美好的記憶流傳下去，那有一位想分享更多歡笑給朋友，還想要擁抱世界。還有那位把自己關閉起來的人，教懂了我很重要的事。不知名的絲線將我們一個個串連起來，還要再串連出去。

剪刀止。

這是一張以荷花串連的正圓花團，隨著同心圓的結構向外擴展。在正中間的，是抱著吉利的微笑外婆，外一圈是環抱外婆的媽媽與六個阿姨加表姊，再往外一圈是七個攤位的攤主，每個人都帶著他們的代表商品。宮廟少年則扮上了八將，各有步伐。我則是盤腿坐在外婆的心中，用剪刀，生出了一朵朵蔓延四處，連結眾生的荷花。

突然間，耳邊掌聲響起。翩翩一抬頭，發現身邊滿滿一圈都是在看她剪紙的人，有男的、有女的、有老的、有少的。白雲散開，陽光灑下，每張臉都帶著歡喜與微笑，每張臉都是凡人，也都是仙人。

剪紙少女翩翩

國家圖書館出版品預行編目（CIP）資料

剪紙少女翩翩 / 鄭若珣著 ; 張上祐圖 . -- 初版 . -- 臺北市 : 九歌 , 2018.08

面 ; 公分 . -- (九歌少兒書房 ; 267)

ISBN 978-986-450-202-8(平裝)

859.6　　107010355

著　　者——鄭若珣
繪　　者——張上祐
責任編輯——鍾欣純
創 辦 人——蔡文甫
發 行 人——蔡澤玉
出　　版——九歌出版社有限公司
台北市 105 八德路 3 段 12 巷 57 弄 40 號
電話／02-25776564・傳真／02-25789205
郵政劃撥／0112295-1

九歌文學網　www.chiuko.com.tw

印　　刷——晨捷印製印刷股份有限公司
法律顧問——龍躍天律師 ・ 蕭雄淋律師 ・ 董安丹律師
初　　版——2018 年 8 月
初版 3 印——2021 年 3 月
定　　價——260 元
書　　號——0170262
I S B N——978-986-450-202-8